애썼다, 오늘의 공무원

애썼다,
오늘의
공무원

2020년 07월 06일 초판 01쇄 발행
2022년 04월 11일 초판 03쇄 발행

글 영지

발행인 이규상   편집인 임현숙
편집팀장 김은영   편집팀 이은영 강정민 황유라 정윤정
디자인팀 최희민 권지혜 두형주   마케팅팀 이성수 김별 김능연 강소희
경영관리팀 강현덕 김하나 이순복

펴낸곳 (주)백도씨
출판등록 제2012-000170호(2007년 6월 22일)
주소 03044 서울시 종로구 효자로7길 23, 3층(통의동 7-33)
전화 02 3443 0311(편집) 02 3012 0117(마케팅)   팩스 02 3012 3010
이메일 book@100doci.com(편집·원고 투고) valva@100doci.com(유통·사업 제휴)
포스트 post.naver.com/h_bird   블로그 blog.naver.com/h_bird
인스타그램 @100doci

ISBN 978-89-6833-266-1 03810
ⓒ영지, 2020, Printed in Korea

애썼다, 오늘의 공무원

글 · 영지

오늘도 국가 뒤에서 묵묵히
일하고 있는 공무원들에게

허밍버드
hummingbird

'공무원스럽다'는 말. 이제 11년차 지방행정 7급 공무원인 내가 지금까지 가장 많이 들었던 말이다. 도대체 '공무원스럽다'는 게 무슨 의미일까? 사람들이 생각하는 공무원의 바람직한 모습이 아닌 것만은 분명하다. 아마도 공무원에 대한 부정적인 인식을 '공무원스럽다'고 표현한 것이리라. 눈에 띄지 않는 무채색의 옷을 즐겨 입고 무표정한 얼굴로 법령과 규정에 따라 움직이는, 수동적이고 방어적으로 비치는 태도……. 이런 모습들을 빗대어 '공무원스럽다'고 표현하는 게 아닐까?

그런 기준이라면, 짧은 치마에 눈에 띄는 옷을 즐겨 입고 클러치 백을 들고 다니는 나는 '공무원스럽지 않은' 공무원이다. 그리고 공직에 몸담기 전 민간기업에서 영업 업무를 수년간 경험했던 터라 공직의 동료들에 비해 적극적으로 비춰지는 게 사실이다. 그런 의미에서 동료들은 물론 일터에서 만나는 많은 사람들이 내게 가장 먼저 한 말은 '공무원스럽지 않다'였다. 이 말 한마디가 모든 것의 시작이었다.

공직에 막 들어왔을 때, 나는 이 '공무원스럽지 않다'는 프레임에 나 스스로를 가뒀다. '공무원스럽지 않다'는 평판이 신경 쓰여 내 모습을 공무원스럽게 끼워 맞추려는 무모한 시도를 하곤 했다. 그러다가 공직의 출발점에서 나는 길을 잃었고, 그 길에서 헤매고, 다시 길을 찾았다. 그리고 지금은 그 길 위에서 균형을 잡고 한 걸음씩 앞으로 나아가고 있다. 그렇게 '공무원스러움'의 함정에서 나를 끄집어내어 '진짜 공무원'으로서 제대로 된 길을 걷기까지 무려 10년이 넘는 시간이 걸렸다.

'공무원스러움'의 오래된 틀에서 '진짜 공무원'인 내 모습을 볼 수 있었던 계기는 전일제 근무에서 주 20시간 시간 선택제 근무로 변경한 일이다. 말 그대로 파트타임 공무원을 선택한 것. 조직의 중심인 본청의 고참 7급 공무원에서 조직의 말단인 동 주민센터 그리고 신규 공무원들이 주로 담당하는 민원대 자리로 다시 돌아가는 선택. 그건 내게 준 뜻밖의 선물이었다. 내가 가진 것들을 버리는 선택이었고, 후회해서도 후회할 수도 없는 결정이었다. 6개월의 반쪽짜리 공무원 경험은 그만큼 나에게 소중한 그 무엇이었다. 그렇게 나는 인상 깊었던 주민센터 민원실에서 내가 보고 느끼고 또 동료들과 함께 실천했던 소소한 것들을 있는 그대로 글로 써서 인터넷에 공유했다.

이유는 단순했다. 사람들의 머릿속에 뿌리 깊게 박힌 '공무원스럽다'는 부정적인 인식 대신 이 시대를 살아가는 '공무원'이라는 직장인의 삶을 '있는 그대로' 이야기하고 싶었다. 동 주민센터에 대한 글을 발행하고 조회 수가 천 단위를 넘어갔다. 거기다 좋지 않은 댓글도 달리기 시작했다. 사실 그땐 좀 겁이 났다. 그래서 옆자리 공무원 후배에게 "그냥 글 내려버릴까?" 고민을 털어놓기도 했다. 하지만,

"선배님, 그런 거에 지면 안 되죠. 우리가 거짓말하는 것도 아닌데……."

후배의 이 말 한마디에 나는 다시 용기를 얻었고, 계속 글을 쓰고 또 발행했다. 그렇게 쓰고 발행한 글들을 모아 책으로 엮었다. 많은 고민을 했다. 이 글을 왜 써야 하는지, 쓰게 되면 누

가 읽으면 좋을지……. 결국 내가 얻은 결론은 내 글이 공무원이 되고 싶은 사람들과 이제 막 공직에 들어온 신참 공무원들에게, 그리고 앞이 보이지 않는 이들에게 작은 도움이 되는 것이다.

부끄러운 고백이지만 '대한민국 공무원'이라는 직업을 온전히 나의 것으로 만들기까지 나는 10년이 넘게 걸렸다. 하지만 이 글을 읽은 누군가는 고민의 시간이 더 짧아질 수 있지 않을까? 내가 겪은 수많은 시행착오는 나 혼자만으로 충분하지 않을까?

종종 그런 생각을 했다. 나와 비슷한 고민을 하는 공무원이 전국에 몇 명이나 될까? 공무원들이 마음속 이야기를 편하게 털어놓을 수 있는 온라인 플랫폼이 있다면 굳이 이런 노력이 필요하지 않을 텐데. 하루빨리 그런 날이 오길 희망한다.

정답은 없다. 각자 다른 답이 있을 뿐. 공직과 나, 그 경계에서 균형을 잘 잡고 내가 원하는 인생의 노를 저을 뿐이다!

"Attention, Go!"

2020년 7월

어느 시청 공무원

차례

1장 —————

왜 공무원은
편하게 일한다고
생각할까

시청 9급 공무원,
그녀는 왜 왕따가 되었나

"○○○주무관 말이야. 왜 인사를 안 해?"

"그러게. 나한테도 그러던데……."

"처음엔 나한테만 그러는 줄 알았는데, 다른 직원들한테도 그러더라고요."

얼마 전 같은 부서 직원들과 합석한 자리에서 어느 직원에 대해 나눈 대화, 아니 뒷담화다. 사실 나도 '그 직원'을 복도와 화장실에서 몇 번 마주친 적이 있다. 그때마다 속 시원한 반응이 없어서 나 혼자 민망했던 적이 있었다. 나를 피하는 건지 부담스러운 건지 사실 좀 애매했다. 동시에 궁금했다. 그런데 부서의 다른 직원들에게도 그 직원의 그런 모습이 남다르게 보인 듯했다.

한참을 그 직원에 대해 성토하는 목소리에 귀를 기울이다가 문득 기억이 하나 떠올랐다. 따돌림의 기억. 왜 하필 그 순간에 기억상자 속 맨 아래 꾹꾹 눌러놨던 그 시간이 떠올랐을까. 인사를 제대로 받지도 하지도 않는다는 그 직원과 기억 속 내 모습이 묘하게 오버랩되었다.

주류가 비주류 속으로

7년 전 12월의 어느 밤, 그날은 시청 인근 식당에서 부서 회식을 하는 날이었다. 모두 화기애애한 분위기 속에서 저녁 식사를 하고 있던 중 나는 조용히 자리를 나와 건물 옥상으로 올라갔다. 차가운 겨울 공기가 훅 느껴졌다. 번화가의 화려한 네온사인이 눈앞에 어지럽게 흩어져 있었다. 그제야 나는 참고 있던 울음을 터트렸다. 화려하기만 했던 색색깔 불빛들이 순간 뿌옇게 보였다. 그토록 바라던 본청 근무에 대한 환상도 신기루처럼 사라졌다!

공직에 들어와서 동 주민센터에서만 근무했던 나. 시의 정책을 만들고 대규모 행사를 주관하는 본청 부서의 근무는 당시 내게 두려우면서도 낯선 것이었다. 더군다나 부서장과 동료들이 일반 행정직이 아닌 다른 직렬이었기에 더욱 대하기가 어려웠다. 공무원 조직에서 행정직은 (지자체마다 다소 편차가 있겠지만) 주류 그룹이다. 무엇보다 인원수가 절대적으로 많다. 거기에 인사권과 예산 편성 등 핵심 업무를 맡고 있다. 그래서 상대적으로 타 직렬(토목, 건설, 건축, 환경, 전산 등)은 그들끼리 뭉칠 수밖에 없다. 적은 인원이라도 한목소리를 내야 주류인 행정직의 힘에 맞설 수 있다. 어떻게 보면 자연스러운 조직권력의 속성 아닐까. 그렇게 소수 직렬이 주류인 부서에서 나는 처음으로 본청 근무를 시작했다. 주류가 비주류 속으로 불쑥 들어간 것이다.

　사실 난 타고난 능력자는 아니다. 노력파에 더 가깝다. 무언가에 익숙해지기 위해 매번 절대적인 시간과 시행착오가 필요한 사람이다. 단순한 기안문 하나 올리는 것부터 나는 누군가의 도움이 필요했다. 동에서의 민원업무와 시스템이 전혀 다른 민간기업에서의 경험은 그냥 의미 없는 두 줄짜리 텍스트에 불과했다. 작은 것 하나 물어보기 어려운 분위기를 아는가. 그들에게는 이미 익숙해져서 당연한 업무지만 아무것도 모르는 신입에게는 세상 어려운 그 무엇이었다. 그렇게 몇 번을 물어보다가 "그런 건 규정부터 찾아봐" "그런 것도 안 하고 거저 얻으려고 해?" "행정직이 그런 것도 몰라?"라는 말을 듣기 십상이다. 사실 맞는 말이다. 그래도 서러웠다. 조금은 더 살갑게 말해줄 수도 있을 텐데. 그런 식의 핀잔과 구박들이 다양한 버전의 메아리처럼 직렬이라는 높다란 벽을 치고 가속도가 붙어서 나에게 되돌아왔다.

어리숙한 나는 그렇게 왕따가 되었다

업무를 의도적으로 가르쳐주지 않는 분위기를 나는 한참 후에야 알게 되었다. 내가 없는 자리에서 나의 태도와 말투, 옷차림에 대해 이러쿵저러쿵 얘기를 한다는 느낌까지. 사실 그런 걸 살펴볼 여유도 눈치도 내겐 없었다. 내 편이 한 명도 없다는 절박함은 일상이 되었고, 그렇게 나는 점점 주눅이 들어갔다. 따돌림이었다. '왕따'의 모습이 바로 그런 게 아니었을까. 차가운 겨울날 회식을 하다 말고 올라간 건물 옥상에서 터트린 나의 눈물은 부서장 때문이었다. 나와 비슷한 또래의 아이가 있는 부서 직원이 있었다. 물론 부서장과 같은 직렬이었고 평소 그가 아끼는 직원이었다. 그날 회식 자리에서 보란 듯이 아이 갖다 주라며 그 직원만 음식을 챙겨주는 부서장을 보면서도 '아무렇지 않은 척' 어색한 웃음을 지으며 앉아 있는 내 모습. 그 순간 그동안 쌓인 뭔가가 울컥하고 치밀어 올라왔다. 하지만 참아야 했다. 어리숙한 데다 찌질한 모습까지 그들에게 보여줄 수는 없었다. 그렇게 나는 가슴 시린 서러움을 피해 한겨울 시린 공기가 서린 옥상으로 올라갔다.

타 직렬이 주류인 부서에서 어리숙한 데다가 눈치도, 특별한 능력도 없었던 7년 전 내 모습. 그들에게 내가 왕따가 된 건 어쩌면 자연스러운 일이 아니었을까. 애매한 태도와 말투, 나도 모르게 그들에게 주었던 상처, 그들도 모르게 나에게 주었던 상처, 그렇게 함께한 2년의 시간. 지금은 업무적인 용건 외에는 그 누구와도 연락하지 않는다.

직렬 간의 벽이 아닌 나의 어리숙함과 무지에서 온 애매한 태도. 뭐 그런 개인적인 것들이 당시 따돌림의 가장 큰 이유였는지도 모른다. 기억하고 싶지 않은 시간. 그때 그들 중 한 명이라도 내게 손을 내밀어주었다면, 내 마음속 이야기에 한 번이라도 귀 기울여주었다면, 나는 그 긴 시간을 '따돌림'으로만 기억하고 있지는 않을 텐데. 지금 돌이켜보니 딱 하나 마음에 남은 게 바로 그 아쉬움이다.

'왕따였던 나' 그 반대편에서 바라보다

직원들과 함께 이러쿵저러쿵 이야기했던 그녀를 보며 나는 7년 전 '왕따였던 나'를 떠올렸다. 행정직이 대부분인 부서에서 소수 직렬인 그녀는 나보다 한참 후배다. 주류 속 비주류. 그리고 뭔가 애매해 보이는 태도와 말투들……. 나와 다른 듯 묘하게 닮았다. '나름 이유가 있지 않을까.' 그런 생각이 머릿속을 떠나지 않는다. 겉으로 보이는 모습에 우린 너무 쉽게 그 사람을 평가하는 게 아닐까. (공무원 조직에서 직원들이 쏟아내는 다양한 평가는 나름 의미를 가진다. 특히 직속 상사나 같은 부서 직원들의 평가는 더 그렇다.) 하지만 혹시라도 그 내면은 전혀 다를지도 모른다. 직원들과의 대화에 맞장구를 치면서도 한편으론 '그래도 같은 부서 직원인데…….' '그녀를 좀 더 알아봐야 하지 않을까' 하는 생각들이 머릿속을 연신 스치고 지나간다. 따돌림의 기억 속 내가 가졌던 '아쉬움'은 여전히 현재 진행형이다.

그렇게 직원들과 대화를 나눈 며칠 후, 우연처럼 나는 '그 직원'과 휴일 당직실 근무를 같이 하게 되었다. 직원 세 명이 2~3평 남짓한 좁은 사무실에서 함께 시간을 보냈다. 아침 9시부터 저녁 6시까지 수시로 울리는 민원 전화를 접수하고 필요하면 현장에 함께 나가기도 했다. 그렇게 나는 그녀를 하루 종일 지켜봤다. 오후 6시가 되어 서로 헤어질 시간, 같은 건물 사무실로 다시 올라가는 그녀의 뒷모습이 한 번 더 눈에 들어왔다. 잠깐 스치듯이 인사를 하며 그녀에게 가졌던 첫 느낌과 그날 뒷모습의 느낌은 또 달랐다. 과연 그녀는 어떤 직원으로 기억될지 지금은 모든 것이 불확실하다. 하지만 당직실 근무 후 그녀를 조금 더 알아보고 싶다는 마음이 생긴 건 그나마 다행 아닐까.

절대 튀지 마!
여기선 그래야 살아남아

'절대 튀지 마! 여기선 그래야 살아남아!' 공직 초기, 스스로 바로 서지 못했던 혼란의 시기에 나 자신에게 수없이 다짐했던 말이다. 처음 느낀 공무원 조직은 참으로 낯선 것이었다. 일터에서 만난 동료와 선배 그리고 상사들이 의미 없이 툭툭 던지는 말들. 그 속엔 진심 어린 '걱정'도 있었지만, '뼈'도 있었고 '경고'도 있었다.

"그런 옷은 어디서 사는 거야?"

"너무 적극적으로 하지 마. 뭘 그렇게까지 해."

"그러다 다쳐, 적당히 해."

일상의 작은 상처들. 그것들에 지치고 조금씩 작아졌던 나. 그렇게 나는 절대 튀지 않기 위해 심각하게 고민했던 때가 있었다. 직장생활에서 '튄다'는 건 어떤 의미일까. 외모일까. 성격일까. 눈에 띄는 능력 같은 걸까. 아니면 독특한 취향일까. 무엇으로 우리는 조직에서 '튀는 사람'을 정의하고 있을까?

10여 년 전 나는 민간기업에서 공무원 조직으로 이직했다. 열 명 남짓한 작은 동 주민센터가 첫 발령지였다. 이 작은 곳에서도 각양각색의 직원들이 매일매일 치열하게 나름의 방법으로 견디며 그렇게들 지내고 있었다. 나는 배치되고 바로 민원 업무를 맡았기에 업무 파악이 최우선 과제였다. 민원대에 앉아 인감과 주민등록 등초본 용지를 프린터에 채우는 일이 출근하자마자 가장 먼저 챙겨야 하는 일이었다.

그런 나에게 조직의 분위기는 관심 밖의 일이었다. 당시 가장 큰 고민은 매일 수백 명씩 각종 민원서류를 신청하러 오는 민원인들이었다. 공무원 조직 특유의 분위기를 처음 느끼게 해준 것은 육아 휴직 후 복직을 하면서 근무하게 된 두 번째 근무지부터였다.

복직 전부터 나는 의욕에 차 있었다. 휴직 생활 10개월 즈음부터 무료함과 넘치는 시간을 어떻게 보내야 할지 몰랐던 내게 복직은 하나의 청량음료와도 같았다. 첫 발령 후 동 주민센터에서 휴직할 날만 손꼽아 기다리던 나였는데, 막상 그토록 원했던 그 생활은 나에게 큰 의미를 가져다주지 못했다. 세상에서 가장 소중한 존재, 사랑스러운 아이를 얻었지만 그것뿐이었다. 휴직을 하는 동안 집안일에 흥미도 취미도 재능도 생기지 않았다.

그래서 복직 후 가장 먼저 한 일이 외국어 공부와 운동이었다. 새로운 일터, 공부, 운동까지. 새벽부터 늦은 밤까지 눈코 뜰 새 없이 시간을 보냈다. 내가 잘하고 좋아하는 것을 다시 찾아보려는 몸부림이었다. 그런 모습은 다시 민원대로 돌아와 주민들을 상대하는 내 모습을 조금은 적극적이고 긍정적으로 바꾸는 듯했다. 절망과 자괴감 가득했던 첫 발령지에서의 나는 그렇게 변해가고 있었다.

그러던 어느 날, 사무실의 7급 선배가 구청으로 전보(부서를 이동함) 발령이 났다. 조금은 '튀는' 적극적이고 활달한 나의 태도 때문이었을까. 당시 그 선배가 떠난 자리를 9급인 나에게 맡기고 싶다고 팀장이 따로 불러 이야기했다. 당연히 사무실의 다른 고참 선배가 그 업무를 맡을 거라고 다들 생각하고 있었다. 그게 당연한 분위기였다. 그래서 팀장님의 제안은 파격적인 것이었다. 하지만 동장님과 긴 상의 끝에 선배가 그 업무를 맡기로 결정되었고 나는 계속 민원대에 남았다.

문제는 그 이후였다. 선배와 나의 관계가 어색해졌고, 나는 그 사무실에서 더 이상 편할 수 없었다. 무언가 다른 차원의 문제가 나에게 닥쳐온 느낌이었다. 어색함은 불편함으로, 불편함은 다시 시기심과 불평으로 진화를 거듭했다. 지금 돌이켜보면 당시 내 모습은 참으로 소심하고 철딱서니 없는 후배, 그 이상도 이하도 아니었다. 결국 '절대 튀지 마! 여기선 그래야 살아남아.' 이 다짐은 당시 선배에 대한 나의 시기심을 합리화하기 위한 변명 같은 것이었다.

어느 조직이든 '튀는' 사람은 있다. 그 튀는 것이 외모일 수도 있고, 성격일 수도 있고, 때로는 남다른 능력과 태도가 될 수도 있다. 내 경우는 조금 다른 의미였다. 그 일을 계기로 이유 없이 그 선배가 원망스러웠다. 당시 팀장님의 편애를 등에 업었다는 착각에 누군가를 향한 원망과 불평 가득한 얼굴로 다시 재무장한 나란 사람. 그건 또 다른 버전의 튀는 모습 아니었을까. 당시 함께 근무한 누군가에게 나는 튀는 동료로 기억되었는지도 모른다.

공직은 여전히 '예스맨'을 선호한다. 다른 조직도 대부분 그렇지 않을까. 직업의 특성상 공무원 조직이 특히 더 선호한다고 하는 게 더 맞는 표현이겠다. 아직도 상명하복의 문화가 강한 이 조직에서 튀는 사람은 'Non – 예스맨인 사람들'이다.

하지만 요즘 내가 보는 공직의 모습은 조금씩 바뀌고 있다. 오히려 외모와 능력, 개성이 넘치는 튀는 젊은 공직자들이 하나둘 두각을 나타내고 있다.

그 속에서 나는 지금 '튀는' 사람일까. 아니면 무난하게 '묻어가는' 사람일까. 나도 궁금한 내 모습이다. 결국 튀는 사람은 스스로 정의하기 어려운 것이라는 생각이 든다. 누군가에겐 튀는 사람이지만 또 다른 누군가에겐 묻어가는 사람으로 비칠 수도 있으니까.

결국 내가 나를 튀는 사람 또는 묻어가는 사람으로 결정해 버리고 나면 그런 사람으로 살아가는 게 아닐까. 그나마 다행이라면 예전의 그 어설픈 다짐을 더 이상 하지 않는다는 것이다. 대신 새롭게 하는 다짐이 있다. '최소한 비굴하지는 말자' 그런 의미에서 아직 나는 갈 길이 멀다.

'일단 상황 보고 결정해! 그래야 살아남아!'

나와 불편한 관계였던 그 선배와 나는 몇 년 후 본청에서 같은 시기 다른 부서에서 근무를 하게 되었다. 예전 나의 옹졸한 모습에 대한 반성이었을까. 나는 그 선배에게 먼저 전화를 했다. 그렇게 몇 번 밥도 같이 먹으며 예전의 불편함을 조금씩 풀었다. 이제는 누구보다 편한 사이가 된 선배와의 인연. 그 기억이 왜 '튀는 사람은 어떤 사람일까?'에 대한 궁금증 속에서 불쑥 생각났을까. 아직도 궁금한 내 기억 저편의 진짜 마음이다.

　공직만의 독특한 분위기가 있지 않을까 곰곰이 생각하다가 최근에 누군가가 나에게 해준 조언이 생각났다. 한 달 전 구청으로 전보 발령이 나고 사령장 교부를 받던 날, 1백여 명이 줄지어 구청장에게 직접 사령장을 받는 시간이었다. 당시 오랜만에 전일근무로 복귀한 나는 반가움과 설렘이 앞선 마음에 사령장을 받고 함박웃음을 지었다. 그런데 그날 그 웃음을 기억한 직원이 있었다. 그 장소에 있던 대부분의 직원들이 공무원 특유의 '무덤덤한 표정'이었는데, 유독 '튀는' 환한 표정으로 나란 사람이 서 있었단다. 그는 내게 말했다. "새로 이동한 부서나 담당 업무가 마음에 들지 않아 감정이 상한 채 불편하게 그곳에 앉아 있는 직원들도 있으니 가능하면 무표정한 얼굴로 서 있는 게 나을지도 모른다"고. 그 말을 들었을 땐 사실 마음이 불편했다. 하지만 얼마간 시간이 흐른 지금, 조금은 다르게 다가온다. 조용히 묻어가는 것이 때로는 누군가를 위한 작은 배려가 될 수도 있다는 걸…….

'82년생 김지영'은
나를 바꿔놓았다

"절 아세요? 만난 지 10분도 안 된 것 같은데…….

어떻게 저를 벌레라고 부를 수 있죠?"

　오늘 아침 조조로 본 영화 〈82년생 김지영〉 속 대사다. 카페에서 음료를 사려고 줄을 선 지영. 26개월 딸아이가 칭얼대는 걸 달래려다 그만 음료수가 바닥에 떨어진다. 딸아이는 더 크게 울음이 터졌고, 사람들 발밑으로 어지럽게 쏟아진 커피와 얼음조각들…… 당황한 지영은 티슈를 집어 들고 정신없이 바닥을 닦는다. 얼음만큼 차가운 시선으로 그 소란을 뒤에서 지켜보던 젊은 직장인 무리. 그중 한 남자가 '맘충'이라며 다 들리게 그녀를 비아냥댄다. 그 순간 그에게 조용히 다가간 지영이 남자의 눈을 똑바로 바라보며 던진 첫마디.

"절 아세요?"

그 장면에서 나는 가슴이 '쿵' 하고 내려앉았다. 그렇다. 누군가를 안다는 것. 직장에서 가정에서 크고 작은 친구들 모임에서 우리는 수많은 사람들과 만나고 헤어진다. 그 과정에서 다양한 감정이 교류되고 또 규정된다. 11년의 공직생활 동안 만난 상사와 동료 그리고 사람들. 과연 나는 그들을 얼마나 알고 있었던 걸까. 혹시라도 내가 '맘충'이라고 무심코 내뱉었던 이가 있었던 건 아닐까.

어느 점심시간, 사무실 인근 카페에서 우연히 다른 팀 팀장과 마주쳤을 때의 일이다.

"영지 씨, 오랜만이야. 요즘 얼굴이 생기가 도는 것이 보기 좋아 보여."

"팀장님, 잘 지내시죠? 아, 그런가요. 듣기 좋네요. 제가 좋아하는 일을 해서 그런가 봐요."

"맞아. 얼굴에서도 그런 게 느껴져."

"그럼 나중에 팀장님하고도 한번 같이 일하고 싶네요. 불러주세요."

"(당황하며)근데 난 영지 씨가 사실 좀 버거워서……."

나의 성격이 '조금 버겁다'는 그 팀장의 솔직한 평가. 기분이 나쁘진 않았다. 그래서 같이 웃어버렸다. 내가 무난한 직원이 아닌 건 사실이니까. 이 대화 내용을 마침 그 자리에 함께 있던 우리 팀 팀장에게 얘기했다. 그랬더니 그분도 그런다. 본인도 내가 우리 팀으로 근무가 결정되었을 때 나를 아는 누군가에게 내가 '만만치 않은 직원'이란 말을 들었다고. 당시 팀장은 그 말을 한 직원에게 '뭐 나도 만만치 않다'고 답했단다. 그말에 팀장과 나는 또 한바탕 웃음이 터졌다.

공무원 조직에서 '순환 보직'(일정 기간이 지나면 다른 부서로 옮겨 일하는 것)은 근무한 부서의 수만큼 나에 대한 다채로운 평가, 즉 평판을 만들어낸다. 이 사람 저 사람이 던지는 나름의 평가를 피할 수 없다. 수천 명이 일하는 조직에서 나를 바라보는 수천 개의 눈 그리고 보이지 않는 숨겨진 또 다른 눈, 다양한 기준과 잣대, 좋고 싫음, 불편함과 편함 그리고 별 느낌 없음……. 나란 공무원은 그동안 얼마나 많은 평가를 이 세상에 그리고 조직에 만들어냈을까. 그들이 나에게 던진 평가, 내가 그들에게 던진 평가.

11년의 공무원 조직생활. 최근 두 명의 팀장으로부터 들은 평가가 과연 나를 전부 대변할 수 있을까. 버겁고 만만치 않은 직원이라는 꼬리표를 달고 이 조직에서 '나다움'을 지키며 어떻게 녹아들 수 있을까. 다른 한편으로 나는 또 다른 고민에 빠진다. 나를 향한 평가만큼 '지금까지 내가 누군가를 향해 쏟아낸 평가'는 과연 괜찮은 것이었을까.

"그분 회식 때 술 드시면 반말한다며?"

"그 팀장 좀 이상해 보이던데.
같이 근무는 안 해봤는데 이미지가 좀 그래."

"옷 입는 게 너무 촌스럽지 않아? 내 스타일은 아냐.
고리타분해 보여서."

"그분 너무 좋으시던데요. 매너도 좋으시고.
저는 무척 좋은 분 같아 보였어요……."

내가 그동안 누군가를 향해 만들어낸 평가의 말들. 그리고 주위에서 주위들은 또 다른 누군가에 대한 말들이다. 물론 당사자가 없는 곳에서 제3자와 주고받은 말이다. 이 상황에서 만약 평가의 대상이 영화 속 지영이 그랬던 것처럼 내 앞에 서서 금방이라도 눈물이 떨어질 것만 같은 커다란 눈망울로 "저를 아세요?"라고 묻는다면, 과연 나는 얼마나 당당할 수 있을까.

'김지영'이 내 가슴을 내려앉게 만든 이유

영화 〈82년생 김지영〉 속 그 장면에서 내 가슴이 덜컥 내려앉았던 이유는 '나다움'을 찾기 위해 작은 용기를 낸 지영에게 공감한 부분도 분명 있었지만 진짜 이유는 따로 있다. 바로 그런 지영을 '맘충'이라고 비아냥대던 직장인 무리에서 나를 보았기 때문이다.

공무원 조직에서 소위 튀는 사람은 말 그대로 험담의 단골 메뉴다. 나도 모르게 쉽게 누군가를 평가하고 정의하고 그걸 사람들과 공유한다. 그 중심에 바로 내가 있었다. 그런 내 모습을 평가하는 또 다른 눈이 사방에 있다는 건 꿈에도 생각하지 못한 채 나도 모르게 누군가를 쉽게 평가해버린다. 기억도 가물가물한 누군가를 향한 나의 평가가 언젠가 나 자신을 향할 줄도 모르고. 그 달콤하면서 고약한 버릇.

언제부터였을까. 누군가에 대한 개인적인 평가를 입 밖으로 내는 걸 조심하게 되었다. 올해 초 동 주민센터에서 시간 선택제로 근무할 당시 멘토링을 해주던 90년대생 후배 공무원들과 '치맥'을 한 적이 있다. 한창 모임이 무르익었을 때 그 친구들이 대뜸 내게 묻는다. '팀장님과 동장님에 대해 어떻게 생각하냐'고. 순간 당황했다. 하지만 '잘 모르겠다'고 답했다. 나의 대답에 후배들은 의아한 듯 다시 물었다. '수개월 같이 근무했는데도 아직 모르는 부분이 많냐'고. '그렇다'고 답했다. 오전에 네 시간 근무만 하고 퇴근을 했던 나는 상사들과 복잡한 업무로 부딪힐 일이 별로 없었다. 업무적인 대화만 간간이 했던 그분들에 대한 개인적인 평가는 조심스러운 것이었다. 잘 모를 때는 그냥 입을 닫는 게 나을지도 모른다는 생각이 그땐 들었다.

그리고 수개월이 지났다. 여전히 그 상사와 일하고 있는 후배와 가끔씩 안부를 주고받는다. 그때 만약 술기운에 취해, 까마득한 후배들 앞이라는 우쭐한 분위기에 취해 어설프게라도 그분들에 대한 '평가의 말들'을 내뱉었더라면……. 나는 과연 마음 편하게 그 후배를 그리고 당시 상사들을 만날 수 있을까.

사실 이 글을 시작할 땐 공직에서 '나다움'을 유지하는 데 여전히 많은 용기가 필요하다고 이야기하고 싶었다. 하지만 글을 써내려갈수록, 영화 〈82년생 김지영〉속 '맘충' 장면을 떠올릴수록, 나다움과 함께 '나와 다름'을 대하는 과거와 현재의 내 모습을 다시금 돌아보게 되었다. 나는 다른 공무원에게 평가의 대상이자 동시에 누군가를 평가하는 또 한 사람의 공무원이다. 때론 영화 속 아이 엄마 '지영'이가 되어 상처 받기도 하고, 때론 만난 지 10분밖에 안 된 낯선 사람을 '맘충'으로 규정하는 직장인이 되어 누군가에게 돌을 던진다. 과연 누가 누구를 비난할 수 있을까.

내 성격이 버거워 같이 일하기는 어렵지 않겠냐고 직접 말해준 팀장. 그리고 나에 대한 만만치 않은 평가만큼 본인도 만만치 않다고 솔직한 입장을 전해준 또 다른 팀장. 그들의 모습에서 과연 나는 무엇을 배워야 할까.

어느 조직에 있든 진정한 '나다움'은 '나와 다름'을 인정하는 것부터 시작하는 게 아닐까. 의도치 않게 '나다움'을 찾기 위해 용기 있는 첫걸음을 뗀 영화 속 지영의 모습보다 '나와 다름'을 대하는 젊은 직장인의 모습에 더 감정이입해버린 내 모습. 매일 수백, 수천 개의 다채로운 평가의 시선 사이로 걸어들어가는 일상에서 진정한 '나다움'의 출발은 바로 '나와 다름'을 있는 그대로 볼 수 있는 시각 아닐까.

'왜 질문을 안 하지?'
공무원 회의실 풍경

"자, 각 ○○에서 오셨는데, 의견 있으시면 말씀해보시죠?"

"안녕하세요! 오늘 팀장님이 출장 중이라 대신 온 영지 주무
관입니다."

(옆에 앉은 다른 팀장이 나를 한 번 쳐다본다.)

"(살짝 머뭇거리다가)오늘 회의는 여러 가지로 의미가 있다고
생각합니다. 특히 이번을 계기로 ○○의 역할을 재검토해봐야
하지 않을까 생각했습니다……."

(그 팀장이 나를 다시 쳐다본다. 그만하라는 신호인가?)

"암튼, 그렇습니다. 감사합니다!"

(급하게 마무리한다.)

얼마 전 타 기관이 주관한 회의에 팀장을 대신해 내가 참여한 회의실 풍경이다. 사실 더 할 말이 있었지만 못했다. 옆에 앉은 다른 팀장의 계속되는 눈길에 그냥 대충 얼버무리고 말았다. 그것이 그만하라는 신호가 아닐 수도 있다. 하지만 나는 말을 이어갈 수 없었다. 수많은 회의를 준비하고 경험했던 나의 여섯 번째 감각은 그만하고 조용히 있으라고 나에게 말했고, 나는 또 굴복했다.

사실 공무원 조직 회의에서 업무를 실제로 담당하는 공무원의 의견을 소중하게 취급하는 경우는 거의 없다. 팀장, 과장, 국장이 함께하는 회의에서는 더욱 보기 드문 풍경이다. 옆에 앉은 팀장에게 그리고 과장에게 의견을 물어보지 않고 그 위의 상사인 국장 앞에서 실무자가 이러쿵저러쿵 의견을 얘기한다? 나댄다고 찍히기 딱 좋다.

여전히 강력한 수직적 조직문화는 공무원 회의실 공간에서 가장 뚜렷이 나타난다. 누군가 질문한다. 과장이 먼저 의견을 얘기한다. 팀장이 동조하는 의견을 붙인다. 그럼 실무자는? 업무 수첩에 그 내용을 똑같이 받아 적어야 한다. 고개를 끄덕이며 정확히 따라 적고 있음을 확인시킨다. 팀장에게 내용이 맞는지 한 번 더 물어보는 것으로 안심을 시키는 눈치 빠른 실무자도 있다.

아주 드물게는 이런 경우도 있다. 눈치 없는 실무자가 상사의 검증을 거치지 않은 의견을 대뜸 얘기하는 경우. 실무자가 자신의 의견을 피력하면 팀장이 그를 쳐다본다. 뭐 그냥 말을 하니까 보는 경우도 있다. 하지만 대부분 '나한테 얘기를 먼저 했어야지. 나중에 어떻게 수습하려고?' 하는 눈빛이다. 사실 내가 8~9급 때 자주 겪은 일이다.

감당할 수 없는 일이나 업무를 절대 입 밖으로 내면 안 된다는 공무원들의 불문율이 있다. 각종 민원에 시달리다 보면 내가 뱉은 말이 족쇄가 되어 돌아오는 경우가 많다. 그래서 공무원들은 검증되고 확인되지 않은 내용을 입 밖으로 내놓는 걸 극도로 꺼린다. 행정의 신뢰 측면에서는 이해가 가는 부분이다. 하지만 때론 새롭고 창의적인 정책이나 의사결정을 만들어내야 하는 회의장에서 꾹 다문 공무원들의 입은 꽉 막힌 교통 정체처럼 내겐 답답한 그 무엇이었다.

"○○○ 주무관, 그거 할 수 있어? 확인하고 얘기한 거야?"

"나중에 안 되면 국장님한테 어떻게 보고할 거야!"

"예산은 있어? 예산 부서에 직접 가서 설명할 거야?"

"계획만 세워놓고 발령 나는 거 아냐?"

"싸질러 놓고 가면 다음 담당자는 뭐가 돼?"

"하고 있는 거나 잘하지, 왜 일을 만들어?"

회의에서 미리 보고하지 않고, 검증되지 않고, 확인받지 않은 새로운 사업이나 아이디어를 내뱉은 대가치고는 너무 가혹하지 않은가. 심지어 '쟤 너무 나댄다' '지가 뭔데 상사들 건너 뛰고 맘대로 얘길 해' 등 조직에서 실무자들이 위로 층층 겹겹 상사들을 모셔 놓고 하는 회의 공간에서 자유롭게 의견을 말하지 않는 이유는 차고 넘친다. 슬프지만 그렇다.

바깥세상은 하루하루 정신없이 변하고 있는데, 공무원의 회의장 풍경은 10년 전 그때와 변함이 없다. 실무자의 신선하고 톡톡 튀는 아이디어는 회의장 어디에도 설 자리가 없다.

'미리 보고하지 않았고, 검증되지 않았고, 확인받지 않은' 새로운 사업이나 아이디어는 공무원 조직에서는 위험한 것이다. 예전부터 공무원 조직의 회의는 이미 보고되고 검증되고 확인받은 것들을 다시 재확인하는 자리다. 그렇지 않은 의견은 회의를 주재하는 가장 높은 분의 몫으로 남겨진다. 실무자의 역할은 그걸 받아 적어 회의 결과보고서에 잘 정리하는 것이다.

공무원 업무 대부분이 공정성, 특혜 시비가 관련되어 있다. 잘못된 의사결정은 실무자부터 그 사업을 결정하는 결재라인에 있는 공무원 모두에게 책임을 묻는다. 그렇기에 이러한 회의 문화는 어쩌면 당연하다. 결국 공무원의 회의는 보다 안전한 의사결정을 위한 확인 과정에 불과하다. 뭔가 새로운 아이디어는 또 다른 리스크를 안고 있기에 선뜻 그 자리에서 좋다 나쁘다 얘기하기가 어렵다.

　하지만 아무리 좋게 봐도 공무원의 회의실 풍경은 좀 그렇다. 조직도의 직제 순서대로 부서장들이 각 잡고 앉아 의견을 발표한다. 부하 직원들은 뒤에서 일제히 그걸 따라 적고 있다. 어느 부서를 가든 회의실, 그 공간의 모습은 늘 비슷하게 반복된다.

　그러니 질문하는 사람은 늘 상사의 몫이다. 부하직원이 질문하는 경우는 딱 하나, 상사가 말한 내용을 재확인할 때다. 그런 회의들이 반복되다 보니 갓 들어온 신규 공직자들의 신선한 아이디어가 비집고 들어갈 틈은 어디에도 없다. 긴장된 표정으로 가만히 앉아서 듣고, 메모하고, 정리해서, 보고하고, 확인받으면 된다. 실무자의 역할은 그것으로 충분하다.

　그리고 회의가 끝나면 담당자는 현수막을 걷어내고 명패를 치우고 아무렇게나 탁자에 던져놓고 간 서류들을 챙긴다. 그들은 또 그렇게 자신들의 자리로 돌아가 맡은 일을 한다. 허가를 내고 정책의 세부 내용을 짜고 민원 응대 전화를 받는다. 그들이 바로 담당 공무원들이다. 반짝반짝 윤기 나는 탁자가 놓인 회의실에서 그들이 주인공이 되는 풍경, 과연 불가능한 것일까.

"주무관님, 지금 회의장 확인 좀 해주시겠어요?"

"지금? 그럼 가봐야지. 우리 막내 주무관님이 어떻게 준비하셨나 궁금하네요."

(곧 회의가 열리는 2층 회의실로 들어선다.)

"와우! 완벽하네요. 메인석 물 잔만 갖다 놓으면 되겠네요."

"감사합니다. 혹시 놓친 게 있는지 주무관님 최종 확인이 필요했어요."

"배운 대로 너무 잘 준비했네요."

그날 팀의 막내 주무관은 회의장 첫 번째 세팅을 완벽하게 해냈다. 스스로 뿌듯해하는 모습에 나도 모르게 빙그레 웃음이 나왔다. 하지만 정작 나는 회의장에서 실무자가 어떻게 참여하고 의견을 내는지 그에게 한 번도 말해준 적 없다. 그럴 필요도 이유도 없었기에. 그럼에도 불구하고 두 눈을 반짝이며 회의 준비에 한창인 후배 공무원의 열정이 나를 다시금 일깨운다.

나는 공무원
'존버'다

시대가 바뀌면 자연스럽게 사람들이 쓰는 언어도 바뀐다. '존 버'라는 말은 그 뜻을 알면 무척 슬프고 처절하다. '열심히 버 티다'라는 의미의 '존버'.

지금 내가 앉아 있는 카페 2층. 여기에서 내려다본 대로변에 나무 한 그루가 있다. 벌써 3년째 이 카페를 찾고 있지만, 오늘 문득 창 너머 늘 거기에 서 있던 나무가 눈에 들어온다. 저 나 무는 내가 이 카페를 처음 찾았던 3년 전에도 저 자리에 있었 을 텐데, 오늘도 여전히 한결같은 모습이다. 가을바람에 나뭇 잎이 흔들린다. 벌써 노란빛을 잃고 시들어가는 잎들도 간간 이 보인다. 지금은 저렇게 평화로운 모습이지만 여름의 강렬 한 햇볕, 태풍의 비바람, 겨울의 매서운 추위까지 그 모든 걸다 견뎌내고 아무렇지 않은 듯 저렇게 서 있다.

공무원 '존버'들은 꼭 저 나무 같다. 겉으론 평온해 보이지만 치열하게 버텨온 각자의 이야기를 품고 있을 것이다. 나도 그 중 하나다. 그렇게 10년을 보냈고 거기에 또 한 해를 보태고 있다. 그동안 내가 만난 비슷하지만 달랐던 공무원 존버들. 살아남기 위함이었을까, 아니면 여길 벗어나려는 몸부림이었을까.

그는 지금 잘 지내고 있을까

그는 힘들어했다. 그래서 일도 자주 터졌다. 너무 늦게 보고했고 또 너무 늦게 털어놨다. 시기를 놓쳐 수습을 못한 팀장의 난감한 표정 앞에서 그는 아무 말도 못 했다. 그는 팀장에게 싫은 소리를 참 많이도 들었다. 선배였던 나는 옆에서 나름 이런저런 조언을 했다. 사실 조언이라고 하지만 듣기에는 잔소리로 들릴 수 있었을 터. 그렇게 그와 1년 남짓 같은 팀에서 근무하면서 나는 점점 그에게 조언하는 걸 그만두었다. 그를 바라보는 나의 시선에는 언제나 약간의 불안과 걱정이 묻어 있었다.

일터에서 그는 많은 시간을 메신저에 매달려 있었다. 비슷한 처지에 처한 누군가의 격려와 지지가 필요했던 걸까. 나에게 그는 그런 공무원으로 남았다. 사실 팀의 모든 동료들이 눈치채고 있었다. 그가 얼마나 힘든지, 어떻게 버티고 있는지. 그는 퇴근 후에도 주말에도 운동에 푹 빠져 살았다. 주말 행사 때문에 자주 출근을 해야 했던 팀의 업무. 그가 좋아하는 운동 시간과 주말 출근이 겹칠까봐 늘 걱정하던 모습이 기억난다. 그땐 몰랐다. 그런 모습들이 그가 힘들게 버티는 것이었고, 동시에 벗어나려는 몸부림이었다는 걸. 내가 그 팀을 떠나 다른 부서에서 근무를 시작한 지 몇 개월 후 그도 인사발령이 났다. 명단에 그의 이름이 있었다. 다른 지방 정부기관으로의 전입이었다. 그를 보며 느꼈던 막연한 불안감이 현실로 나타난 것이다. 결국 그는 여길 벗어났다.

발령이 나고 함께 근무했던 팀장에게 작별인사를 하러 온 그를 잠깐 만났다. 무척이나 편한 얼굴이었다. 더 이상 불안감이나 긴장감이 느껴지지 않았다. 담담하게 이런저런 얘기를 주고받는 팀장과 그 후배를 바라보며 나는 안도했다. 그가 새로운 조직과 새로운 사람들 그리고 새로운 도시에서 잘 버틸 수, 아니 잘 적응할 수 있을 것이라는 믿음 같은 것이었다. 그는 잘 지내고 있을까?

그녀는 지금도 버티고 있다

그녀는 버티고 있다. 하지만 시한부 존버다. 언젠가는 이 조직을 떠나 훨훨 자기만의 날개를 맘껏 펼칠 꿈을 꾸고 있다. 사실 내가 그녀를 처음 봤을 땐, 전형적인 '공무원스러움'이 묻어났던 사람이었다. 깐깐하고 소심해 보이면서도 세상 걱정 없는 순진한 얼굴의 직원. 하지만 그건 호수 위를 유유히 떠다니는 백조의 모습이었다. 잔잔한 호수 표면 아래 분주하게 움직이는 백조의 우아한 다리처럼 그녀도 치열하게 두 다리로 버티는 중이었다. 평소 그녀는 조직이 선호하는 착하고 불평 없이 일하는 공직자의 전형이었다. 공무원들이 따라야 하는 규정과 절차를 찾는 일에 무척 익숙했고, 부지런하게 동료들을 챙기려 애쓰는 모습까지.

하지만 그런 그녀가 특별히 자신을 위해 챙기는 것도 있다. 바로 휴가와 공부다. 아무리 바빠도 쉬어야 할 땐 연차를 내고 쉰다. 그리고 자기가 유일하게 잘하는 것이 공부라고 솔직하게 말한다. 사무실에서 내가 본 그녀는 늘 새로운 것에 대한 호기심이 가득했다. 내가 모르는 일상 속 많은 시간(휴가 중에도) 동안 그녀는 뭔가를 계속 공부하고 있었을 것이다. 그러던 그녀가 얼마 전에 쓰러졌다. 아프다는 소식에 전화를 하니, 많이 나아졌다며 되레 나를 안심시킨다. '긴 공부' 계획을 준비하던 그녀였기에 마음이 더 쓰였다. 그녀는 그렇게 또 새로운 '공부 계획'을 세워야 하는 과제를 가지고 하루하루 버티고 있다.

나란 존버, 버티는 것인가 벗어나려는 몸부림인가

아직 결론이 나지 않았다. 과연 나는 버틸 수 있을까. 앞으로 나는 얼마나 더 이곳에 머물 수 있을까. 평생 '직장'보다는 평생 '직업'이 주류가 된 시대에 60세는 이제 '평생'이 아니다. 정년 후에도 30~40년이란 길고 긴 시간이 더 남은 현실. 60세까지 큰 사고 안 치면 버틸 수 있는 이 직장이 내게 줄 것은 과연 무엇일까. 공직에서의 사명감? 사실 그나마 이것 때문에 나는 지금 여기에서 하루하루 버티고 있다. 민간에서의 짧지 않은 경력을 공직에 들어오면서 나는 전부 포기했다. 솔직히 민간이든 공공이든 근무한 경력에 비해 버는 것도 대우도 직책도 모두 그저 그렇다. 그런 내게 남은 건 공직이 주는 가치, 그거 하나뿐이다. 그렇게 나는 버티고 있다.

공무원. 이것이 줄 수 있는 의미들이 누군가에겐 하찮은 것일 수도 있다. 하지만 나는 그것 하나하나를 내가 만들어낼 수 있는 가치와 연결 중이다. 지연, 학연? 그런 것들이 만드는 '줄'

이 아니다. 순전히 나 혼자 꼬아내는 그 연약한 줄에 대롱대롱 매달려 하루하루 버틴다. 돈만 보고, 직책만 보고, 명성과 권력만 보고 무작정 달려가기엔 그 결말이 너무 뻔하다. 그렇게 평화롭게 '60세'를 맞이해 정년퇴직이든 명예퇴직이든 이 직장의 종착점을 앞둔 내 모습. 그다지 설레지 않는다. 그래서 버티는 것이다. 그냥 그렇게 되지 않기 위해. 그래서 무엇보다 내게 주어진 작고 사소한 업무를 그냥 대충 할 수가 없다. 내가 이 직업을 가지고 있는 한, 끊임없이 풀어나가야 할 숙명이다. 그래서 버티고 있다. 그래야 훗날(당장 내일이 될 수도, 몇 년 후가 될 수도 있다) 조금은 홀가분하게 이 조직을 떠날 수 있지 않을까. 이것이 내가 일상의 작은 행동과 실천 그리고 그것이 주는 의미에 유난스럽게 '집착'하는 이유다.

이제 어둠이 짙게 내려앉은 창밖. 더 이상 그 나무는 보이지 않는다. 하지만 대낮의 밝은 햇살 속에서도 칠흑 같은 어둠속에서도 그 나무는 한결같이 그렇게 서 있겠지. 마찬가지 아닐까. 공직에서 '그럼에도 불구하고' 내가 버텨내야 하는 이유.

나는 공무원 '존버'다. 아직까지는 살아남기 위한 버티기다! 앞으로는? 사실 나도 궁금하다. 나란 존버의 미래가……

공무원은 왜
편한 직업이라고 생각할까?

아직도 공무원이 편한 직업이라고 생각하는 사람들이 많다. 그리고 나도 한때 그렇게 생각했다. 적어도 10년 전 이 조직에 들어오기 전까지는.

아이러니하게도 내가 공직에 들어와서 가장 힘들었던 이유가 바로 이 생각 때문이었다. 밖에서 바라본 공직자의 모습과 막상 그 속에 내가 들어가서 직접 겪어본 모습이 너무 달라서 오는 실망감과 허무함은 상당히 컸다. 나의 첫 공직 1년 동안 수백 번도 더 수험기간을 후회했고 내 선택에 대한 온갖 원망으로 채워졌다.

그 후 10년이란 시간이 흘렀고 지금의 나는 사뭇 다른 생각을 갖게 되었다. 솔직히 공무원이 다른 직업에 비해 더 많이 힘들다고 말하고 싶지는 않다. 어떤 직업이든 나름의 고충과 어려움을 갖고 있기에 함부로 어설픈 잣대를 들이댈 수는 없기 때문이다. 다만 공무원이라는 직업에 대한 편향된 오해는 바로잡고 싶다. 적어도 '편한' 직업이라는 편견만큼은.

지난 10년간 근무하면서 가장 어려운 점을 꼽으라면 바로 '비상근무'다. 작년 연말 송년행사 때 발표된 내부 직원 대상 설문조사가 있었다. 설문에 응답한 직원들이 가장 힘들다고 느낀 부분도 눈, 비, 태풍 등 천재지변과 각종 비상사태와 같은 다양한 '비상근무' 상황에 '일상의 소소한 즐거움'을 포기해야 하는 때가 많다는 것이었다.

밥 먹다가, 씻다가, 자다가, 영화관에서도 내 전화기의 '응소'(소집에 따른다는 의미) 알림 문자는 어김없이 울린다. 가족과 설레는 여행을 떠나는 중이든 이미 목적지에 도착해 있든 중요치 않다. 그냥 시간 내 '응소'해야 한다. 태풍이 올라온다는 예보만 떠도 경우에 따라 근무조 순번대로 전 부서가 최소 인원으로 비상근무를 서야 한다. 밤을 꼬박 새우며 대기하지만 다행히 '아무 일도 일어나지 않는 경우'도 종종 있다.

공무원의 흔한 여름휴가

나는 지난해 여름, 한 달 전부터 예약한 국제선 비행기 표를 출발 전날 취소해야 했다. 출국일에 임박해 태풍이 북상 중이었고 우리 지역이 영향권에 들 '가능성'도 있었기 때문이다. 하지만 태풍은 다행히 우리나라 어디에도 큰 피해를 남기지 않고 얌전히 동해로 떠나갔다. 나에게 취소 위약금만 남긴 채.

공무원 조직에서 정기인사가 나면 가장 먼저 정비하는 것이 무엇일까. 바로 '비상근무표'다. 각 부서는 비상사태에 대비해서 직급에 따른 연락 순서와 유선과 무선 연락처가 빼곡하게 적힌 '비상근무조'를 부서원의 변경이 생길 때마다 바꿔야 한다. 그리고 사무실 가장 잘 보이는 자리에 딱 붙여놓는다. 1조, 2조, 3조…… 평상시에는 내가 몇 조인지 까맣게 잊고 있다가 비상근무 상황이 되면 조별 소속감이 갑자기 튀어나온다.

"팀장님 몇 조세요?"

"나 2조. 그래서 그냥 사무실에서 대기하려고."

"곧 특보 발효된다는데 식사하고 일하세요."

"그래. 무사히 지나가길 바라야지. 주무관님도 내일 근무할지 모르니 오늘 가서 좀 쉬어요."

부서를 옮길 때마다 새롭게 부여받는 비상근무조. 이번엔 3조, 다음 부서에서는 2조, 그 다음은 또 몇 조가 될까. 태풍의 북상, 폭설, 폭우……. 공무원들은 가장 먼저 비상근무조를 확인한다. 그리고 친구들과의 약속, 영화 예매, 숙박 예약 등 미리 잡아 둔 일정들을 떠올린다. 고민을 하다가 하나씩 취소하거나 위약금을 알아보기도 한다. 그래도 뭔가 편하지 않다. 급기야 여행 계획을 '다음에 시간 나면' 가는 것으로 미룬다. 종종 장마와 태풍철이 여름휴가 기간과 겹친다. 일부 직원들은 아예 휴가를 가을 이후로 미룬다. 나도 몇 년 전부터 여름휴가는 '방학을 맞은 아이와 함께 집에서 대기'로 마음 편하게 보내고 있다. 씁쓸하지만 여행지 가서 비상근무 응소 문자를 받고 이리저리 머리 굴리면서 올까 말까 고민하느니 차라리 '집에서 대기'하는 상황이 편하다고나 할까.

선거 D-day, 우리는

비상근무와 함께 공무원이 되고 나서 힘든 것을 꼽으라면 바로 '선거업무'다. 사실 첫 발령을 동 주민센터로 받고 다소 의외였던 것이 선거업무를 동 주민센터에서 하는 것이었다. 동내 곳곳에 붙어 있는 선거 벽보와 유인물들. 일반 주민이었을 때 나는 그 모든 걸 선거관리위원회(이하 '선관위') 직원들이 하는 줄 알았다. 막상 지자체 공무원이 되어보니 그건 완전 오해였다. 동 주민센터 공무원들이 선거 벽보를 붙이러 다닌 것이었고, 집으로 배달되어 오는 선거 유인물은 동 주민센터 회의실에서 동 직원들의 손을 거쳐 봉투로 넣어지는 것이었다. 가장 중요한 선거인 명부는 선관위의 지휘를 받아 동 주민센터 민원 담당 공무원이 확정하고 뽑는다.

그럼 구청 공무원들은 선거 때 뭘 할까. 구청에도 선거업무 담당자가 있다. 다시 선관위의 지휘를 받아 구청 대회의실을 명부 대조를 위한 장소로 꾸민다. 그리고 오후 6시가 되면 각 동에서는 선거인 명부를 확정하고 인쇄 버튼을 누른다. 구청에서는 별도의 조를 짜서 각 동에서 가져온 선거인 명부를 일일이 대조하고 검증하는 일을 한다. 정해진 날짜 당일에 완료해야 하는 작업이다. 빨리 뽑아오는 곳, 늦게 뽑아오는 곳, 가끔씩 잘못 뽑아오는 곳까지, 구청과 동 주민센터 공무원들은 자정이 넘어서도 환하게 불 켜진 구청 회의실에서 선거인 명부를 확인하고 또 확인한다.

선거 때마다 이루어지는 작업은 마냥 힘들기만 할까. 직원들 배가 슬슬 출출해지는 밤 10시쯤 대회의실 문이 활짝 열린다. "피자 배달 왔습니다!" 배달원의 목소리가 우렁차게 울려 퍼진다. 이렇게 가끔씩 작업장으로 깜짝 간식이 배달되기도 한다. 지난 대통령 선거 때 그 피자를 맛있게 먹을 수 있었던 나는 운이 꽤 좋은 편이었다. 늘 있는 간식은 아니었기에.

선거업무의 백미는 바로 투표 당일이다. 시·구·동 공무원 들이 총출동한다. 사전 투표제가 생기면서 더 많은 지자체 공무원들이 투표사무원, 투표관리관 그리고 개표사무원으로 차출된다. 수당이 나오는 일이니 당연히 좋아해야 한다. 하지만 실상은 딴판이다. 부서별로 인원 할당이 떨어진다. 가장 인기 가 좋은 개표사무원으로 운 좋게 지정된 직원들은 표정 관리 하느라 바쁘다. 대부분의 팀장들은 투표관리관으로 미리 지정 되기에 제외하고, 투표소별 투표사무원 차출을 위한 살벌한 제비뽑기가 진행된다. '뽑기'에 유독 약한 나는 거의 매번 선거 때마다 사무원 명단에 이름을 올렸다.

투표 당일, 수백만 명의 사람들이 몇 년을 기다려온 신성한 권리의 행사를 위해 설레는 마음으로 정해진 투표소로 일제히 달려간다. 아침 6시 투표 시작을 위해 투표사무원들이 4시 반 쯤 출근해서 바닥에 반듯하게 붙인 화살표와 테이프로 경계가 표시되는 '투표소'라는 공간. 그 안에서는 별의별 일이 다 일어난다. 현장에서 그걸 직접 관리하고 책임지는 사람이 누굴까. 바로 지자체에서 차출된 공무원들이다. 의도하지 않았고, 예기치 않은 사건 사고들. 그리고 누군가는 책임을 져야 하는 상황. 지난 10여 년 투표사무원으로 여러 번 차출되었던 나조차도 그 자리는 여전히 부담스럽다. 가끔씩 상상해본다. 진짜 운이 좋아서 투표업무에서 빠지는 상상. 선거를 하는 날, 아침 일찍 투표를 하고 당일치기 여행이나 카페에서 좋아하는 책을 실컷 읽는, 뭐 그런 즐거운 고민을.

요샌 직업을 평가할 때 '편하고 좋은' 직장이라는 개념이 예전과는 많이 바뀐 듯하다. 우선은 개인차를 인정해주는 분위기가 폭넓게 조성됐다. 그래서 '편하고 좋다'는 기준도 각자 다르게 정의할 수 있는 여지가 많아진 것 같다.

내가 생각하는 '편한' 직장은 '남들 쉴 때 나도 맘 편히 쉴 수 있는 곳'이다. 공무원이란 직업은 나름 고충도 있고 '작은 일상의 행복'을 생각보다 많이 포기해야 한다. 공무원도 직장인이기에 가질 수 있는 지극히 평범하고 일상적인 고민으로 이해되었으면…….

요즘 공무원들의
오묘한 회식

"자, 지금부터 ○○과 송환영식 2부를 시작하겠습니다. 진행을 맡은 주무관 ○○○입니다!"

부서의 막내. 재주도 많고 멋쟁이 9급 후배 공무원이 마이크를 잡고 야무지게 오프닝을 한다. 조금은 뻔한 송환영식 행사가 끝나고 자유롭게 평직원들의 소감을 들어보는 시간. 사회자의 지명에 따라 한 명씩 일어나 건배사를 하기 시작한다. 하지만 이미 분위기는 자연스러움을 넘어 자유분방함으로 넘어간 듯하다. 각 테이블마다 이런저런 주제로 삼삼오오 이야기꽃을 피우기 시작했다. 패기 넘치는 진행자의 멘트와 수줍은 건배사들은 그 꽃들에 파묻혀버리고 만다.

사무실에서 못다 한 이야기들이 그제야 풀린다. 테이블마다 술잔과 물 잔이 서로 엇갈리듯 부딪힌다. 몇 명은 용기를 내어 건너편 테이블로 옮겨간다. 그리고 평소에 말 못한 일상을 공유한다. 또 몇 명은 이리저리 눈치를 보며 조금은 불안하게 앉아 있다. 공식 행사가 끝났으니 이제 몰래 빠져나가도 그다지 찔리지 않는 타이밍이 온 것이다. 그렇다. 비슷하다. 공무원들이라고 뭐가 다를까.

공공기관 사무실은 대부분 적막하다 못해 숨 막히는 분위기다. 얼마 전까지 근무했던 동 주민센터의 민원실은 조금 다르다. 그나마 민원인들과 수시로 찾아오는 주민들로 인간적인 북적거림이 존재한다. 하지만 구청 부서만 해도 근무 시간 사무실 분위기는 긴장감, 화기애애함 그리고 살벌함을 수시로 넘나든다.

공무원의 업무가 그렇게 만든다. 수시로 걸려오는 민원 전화, 저마다의 사연과 억울함을 가지고 방문하는 민원인들……. 그리고 매시간 이곳저곳의 크고 작은 회의실에서 열리는 업무 회의와 지시 그리고 보고까지. 이 공간에서 매일 여덟 시간을 꼬박 근무하는 공무원들이다. 그곳을 잠시나마 벗어나 동료들과 밥도 먹으면서 술도 한잔하는 공간이 바로 회식 자리다. 요즘의 회식은 예전에 비해 달라진 게 있을까. 사실 많이 바뀌었다.

10여 년 전만 해도 공무원들의 회식은 시청이나 구청이나 동 주민센터나 비슷비슷했다. 직책 순서대로 지루하게 이어지는 덕담들. 아부인지 칭찬인지 헷갈리는 다르지만 똑같은 건배사들, 동시에 술잔을 비우지 않는 것이 죄인처럼 취급되는 그런 공간, 억지웃음과 눈치 봄, 중간에 가고 싶어도 다음 날 누군가에 의한 '지적질'이 부담스러워 어색하게 미소를 지으며 앉아 있는 모습까지. 쓸쓸하게도 그런 기억만 남아 있다. 내가 경험한 공무원들의 '과거 회식'이 이런 것이었다.

하지만 요즘 내가 느끼는 공무원들의 회식은 많이 다르다. 물론 내가 바뀐 것이 가장 큰 원인일 것이다. 공직 경험이 쌓였고 나이도 먹었으니 당연한 거 아니냐고 누군가 반문할 수도 있겠다. 이러니저러니 해도 바뀐 건 맞다. 조금은 괜찮은 방향으로.

회식이 점점 사라지고 있다?

내가 최근에 경험한 20~30대 젊은 공직자들에게 회식 자리는 예전에 내가 느꼈던 '강요'의 자리가 더 이상 아닌 듯하다.

그날의 회식에서 대다수의 후배 직원들이 1차 후 사라졌다. 다른 모임으로, 스포츠센터로, 집으로, 또 어딘가로.

요즘 공무원 회식에서 내가 느끼는 또 다른 변화는 '소소한 정'에 대한 것이다. 모르겠다. 예전 8~9급 때의 회식 자리. 참여가 강요되고 술잔이 강요될 때 동시에 직원들 간의 '정'까지 강요받는 느낌이었다. 그래서 싫었다. 불편했다. 그냥 빨리 집에 가고 싶었다. 내 감정까지 누군가에게 강요받는 분위기 자체가 싫었다.

요새는 상사들조차 회식 자리를 부담스러워한다. 그래서 불필요한 식사 자리는 거의 만들지 않는다(일부 예외도 있지만. 내가 최근에 만난 대부분의 상사들은 꼭 필요한 회식 외에는 직원들을 괴롭히지 않는 편이었다). 젊은 직원들을 눈치 보는 상사들이라고 하면 조금 과한 표현일까? 서로가 눈치 보는 그런 오묘한 상황. 그렇게 회식이 거의 사라지고 있다.

그리고 오묘한 공존!

요즘 공무원들의 회식문화를 한 단어로 말하자면 '오묘한 공존'이다. 젊은 직원들의 '자유로움'과 상사들의 '눈치 봄'이 오묘하게 공존한다. 더군다나 회식의 메뉴와 장소도 다채로워졌다. 그날의 1차는 평범한 삼겹살집. 하지만 1차가 끝난 후 남은 십여 명의 공무원들이 우르르 몰려간 2차 장소는 근처 프랜차이즈 커피숍이었다.

1차 소주 ▶ 2차 맥주 ▶ 3차 노래방 공식이 깨진 지 이미 오래다. 요즘 공무원들은 군이 회식으로 저녁을 먹지 않는다. 간편하게 점심으로 대체하기도 하고, 영화관을 가고 또 연극도 보러 간다. 그런데 신기한 건 장소는 달라졌어도 '공직 특유의 문화'는 예상치 않은 곳에서 불쑥 튀어나온다. 2차 장소로 이동한 카페 안, 아포카토, 아메리카노, 아이스 카페라테…… 각자의 성향만큼 다채로운 음료가 직원들 앞에 놓여 있다. 그리고 다시 시작되는 지겨운 건. 배. 사. 예전처럼 술이나 참여를 강요하지는 않지만 '건배사'는 여전히 건재한다.

2차 회식장소인 카페. 흰색의 소파와 색깔을 맞춘 하얀색의 둥근 테이블이 조명을 받아 유난히 빛이 났던 그날 밤. 보랏빛의 블루베리요거트 한 잔을 후루룩 마시던 그 순간, 나는 희망 그 비슷한 걸 느꼈다. 50여 명으로 시작된 공무원들의 회식이 10여 명으로 인원이 확 줄어서? 아니다.

50대 5급 사무관부터 20대 9급 말단 공무원까지 각자의 취기와 열기로 다양한 색깔의 얼굴들이 그 공간을 채우고 있었다. 누군가는 건배사를 강요하고, 누군가는 친구와의 약속 장소로 가기 위해 메시지를 확인하고, 또 누군가는 건배사가 걸릴까봐 고개를 푹 숙인다. 다양함의 오묘한 공존. 지극히 자연스러운 그 인간적인 풍경에 나도 모르게 미소가 지어진다. 요즘 공무원들의 회식? 뭐 특별할 것 없다. 그래서 조금은 희망적인 게 아닐까.

칸막이 행정,
여전히 현재진행형

흔히들 말한다. 칸막이 행정, 정말 문제가 많다고. 솔직히 진짜 문제 많다. 평범한 월급쟁이라면 자연스럽게 떠안고 가는 아파트 대출금처럼 '칸막이'는 공무원 조직에 늘 있는 문제이자 고질병이다. 시청, 구청, 동 주민센터. 일반적인 지방자치단체가 가지는 조직 구조. 나는 공교롭게도 이 세 조직에 모두 근무하는 영광(?)을 누렸다. 짧은 기간 역동적으로 맞물려 돌아가는 행정 내 조직 간 상호작용을 골고루 맛볼 수 있어서 보람 있기도 했고 한편으론 씁쓸하기도 했다. 특히 시청의 '칸막이'가 만들어내는 동 주민센터와 구청 부서의 이상한 풍경은 유난히 더 기억에 남을 것 같다.

"엄마, 후반전도 보고 가요."

"갈 때는 지하철 타고 가야 해서 시간이 좀 걸리니까 전반전만 보고 가자."

"싫어요! 후반전까지 다 보고 가고 싶어요."

수년 전 막 초등학교에 입학한 아이와 함께 보러 간 어느 축구 경기장에서 나눈 대화다. 경기를 끝까지 보고 가겠다고 고집을 피우는 아이. 나는 어쩔 수 없이 후반전이 끝날 때까지 우리가 응원하는 팀이 상대에게 몇 골을 더 '먹는지' 내 눈으로 확인하고 와야 했다. 사실 그날은 우리 시 소속 축구팀을 응원하기 위해 일요일 오후에 다른 도시로 원정 응원을 간 것이다. 원래 타야 하는 구청 버스를 놓치는 바람에 시의원님들이 가득 탄 의회 버스를 얼떨결에 타고 갔다. 버스 안에서 아이는 의원님들이 내미는 간식을 받아먹으며 연신 재잘거렸다. 반면 그 모습을 바라보는 내 얼굴은 밝을 수만은 없었다. 심지어 인원 체크가 이미 끝난 경기장을 서둘러 떠나고 싶은 엄마의 마음을 아는지 모르는지 아이는 축구 경기에 심취해 안 가겠다고 고집을 피운다. 나에게는 부담스러운 주말 오후 경기장 출근이 아이에게는 즐거운 볼거리가 된 걸 그나마 위안으로 삼아야 했을까.

사실 나의 공직생활 절반의 기억이 구청과 동 주민센터라는 공간에서 만들어졌다. 그리고 그중 많은 시간을 축구장, 야구장, 종합운동장 그리고 각종 행사장에서 보냈다. 봄, 가을 가끔은 겨울까지 스포츠와 행사의 시즌마다 나는 아이와 함께 경기장의 회색빛 스탠드 빈 공간을 채웠다. 수년 동안 평일 저녁과 주말 오후 나는 그렇게 시청 '칸막이'가 만든 다양한 '인원 동원'의 주인공이 되어 아이의 손을 꼭 잡고 여기저기 휩쓸려 돌아다녔다.

왜 뜬금없이 '시청 칸막이'가 튀어나왔을까. 다채로운 장소로의 (구, 동 직원과 주민들) 인원 동원 뒤에는 시청 부서들의 '나는 모르쇠' 공문이 있기 때문이다. 아직도 본청의 많은 부서들이 자체 기획을 했든 지시사항이든 행사를 기획하고 대규모 경기를 유치할 때 단기 성과에 집착한다. 참여 대상 500명, 1,000명 등 보기에 규모도 크고 그럴듯한 계획(안)이 예산 부서 등 사전 검토가 필요한 본청 부서들의 '협조와 검토' 결재라인을 무사 통과하고 최종 결정권자의 '결재'를 받아낸다. 나조차도 시청에서 일할 때 비슷한 행사 계획서를 여러 번 만들었고 또 그럭저럭 치른 경험이 있다. 그때는 몰랐다. 계획서 자체가 가진 치명적인 '구멍'을.

행사나 경기장의 주인공은 과연 누구일까. 바로 행사와 경기를 보러 오는 사람들일 것이다. 그런데 적지 않은 행사 계획서에 이들에 대한 내용이 단 몇 글자로만 표현된다. '동별 ○○명', '구별 ○○명'. 시청의 부서들이 칸막이로 공간이 구분되듯이, 각 부서가 만들어내는 공문들도 그 '칸막이'를 넘지 못한다. 아니, 침범하지 않는다고 하는 게 더 맞는 표현이겠다. 어제 시청의 다른 부서에서 구와 동에 수백 명이 넘는 주민들을 초청한 사실이 오늘 또 다른 시청 부서의 비슷한 인원의 초청이 필요한 행사 개최에 영향을 줄까 안 줄까. 사실 전혀 영향이 없다. 그냥 한다. 주민 동원 능력의 문제는 원래 하부기관이 알아서 할 일이라고 쉽게 치부된다. 시청 부서 간 '수평의 칸막이'와는 또 다른 상하 조직 간 '수직의 칸막이' 모습 아닐까. 이상한 공직의 인원 동원 문화는 여전히 단단하고 건재하다.

'각 동별 50명 참여' 협조 공문이 시청 A과에서 각 구청과 동 주민센터로 발송된다. '구별 취합 후 ○월 ○○일까지 명단 제출'이라고 공문 본문에 명문화되어 박혀 있다. 이제 행사를 주관하는 시청 담당자에서 구청 담당자로 공이 넘어온 것이다. 구청 담당자의 마음이 다급해진다. 동에 별도의 공문을 만들어 발송하는 경우도 있지만 대부분은 내부 메일망을 활용해 동 주민센터 담당자들에게 일제히 명단 서식을 붙여 뿌린다. 이제 마지막으로 동 주민센터 공무원에게 넘어간 인원 동원이라는 공. 그들은 일제히 단체원들에게 전화를 돌리기 시작한다. 애걸복걸이든 반강제든 어떻게든 공문에 명시한 인원수는 채워서 명단을 보내야 하기에. 취합 마감 시간이 되면 전화 돌리기는 다시 구청, 시청 역순으로 올라간다. 그렇게 행사장에 몇 명이나 나타날지 모르는 낯선 참가자들의 이름과 연락처가 빼곡히 적힌 명단을 받아 든 시청 담당자는 마지막 안도의 한숨을 쉰다.

그리고 같은 날 오후, 구청으로 날아든 새로운 공문 한 장. 시청 B과에서 주관하는 행사에 '동별 10명, 구별 취합 ○○까지'. 그나마 인원이 적어서 다행인 걸까. 새로운 공문은 구청과 동 주민센터 공무원들의 또 다른 한숨을 만들어낸다. 더 안타까운 건 10년 전이나 지금이나 그놈의 시청 칸막이는 여전히 높고 오히려 더 두터워졌다는 것이다. "공문 보냈으니, 그냥 채우세요!" 공문이라는 족쇄에 갇힌 공무원들. 내가 왜 수많은 행사장과 경기장에 아이의 손을 이끌고 갈 수밖에 없었는지 조직 바깥의 누군가가 조금은 이해할 수 있지 않을까.

올해 상반기 6개월 동안 근무했던 동 주민센터에서 나의 옆자리 직원이 주로 했던 일이 바로 행사장 인원 동원이었다. 그는 사무실에서 전화기를 거의 붙들고 살았다. 일주일에도 몇 번씩 열리는 시청 주관 행사장에 거의 멤버가 바뀌지 않는 단체원과 주민들을 이끌고 동 주민센터 현관 문턱이 닳도록 바쁘게 들락거리던 모습이 아직도 생생하다. 나도 한번은 단체원 몇 명을 행사장에 모시고 간 적이 있었다. 시간이 흘러 구청에서 근무하게 된 나는 이제 그를 쪼아대는 상급기관 공무원이 되었다. 기한 내 명단이 안 오면 그에게 전화로 메신저로 독촉도 하고 짜증스러운 목소리도 낸다. 나라고 이런 내 모습이 왜 씁쓸하지 않을까.

그럼에도 나는 당장 할 수 있는 게 없다. 다만 나중에라도 시청에서 내가 직접 기획하는 행사가 있다면, 무엇보다 구청과 동 주민센터로 발송하는 공문 없이 부서에서 참가자를 직접 모을 수 있는 방법부터 찾아보려 한다. 될지 안 될지는 그때 가서 또 고민하면 되지 않을까. 지금은 단순한 '다짐'에 불과한 이 생각. 미래의 한순간 '실천'이라는 이름으로 어느새 바뀌어 있기를 바랄 뿐이다.

공직 안에서
학벌이 갖는 의미

지난주 우리 부서에 고등학교를 갓 졸업한 신규 공직자가 들어왔다. 사투리가 섞인 앳된 목소리로 옆자리의 선배 공무원에게 이것저것 질문하는 소리가 등 뒤로 들려올 때면 나도 모르게 미소가 지어진다.

'아……. 내가 저 친구 나이 때 뭐했지?' 대학교 신입생 시절, 강의실 들어가기가 귀찮아질 때 종종 상경대 건물 옆 작은 잔디밭에서 쏟아지는 햇볕을 쬐며 영혼 없이 시간을 죽이던 내 모습이 문득 떠올랐다. 그때 그토록 하기 싫었던 공부를 공무원이 되어서 다시 시작했고, 올 초 원하던 석사 학위를 손에 쥐었다. 개인적으로 하고 싶은 공부였고, 공직에서 남들보다 '빨리 가는 데' 큰 도움이 되리라 생각하진 않았다. 막상 졸업을 하고 나니 더욱 그런 생각이 확고해진다. 공직에서 학벌이 주는 의미가 조금은 남다르다는 걸 이미 알아버렸기 때문일까.

"대학은 졸업해야지. 그러다 나중에 국장 승진 때는 정말 후회할지도 몰라. 휴직을 해서라도 졸업해 놔."
"고민은 되는데, 막상 일을 쉬고 학교로 돌아가려니 선뜻 마음먹기가 어렵네요……."

3년 전 구청에서 함께 근무하던 직장 동료들과 나눈 대화다. 그 친구 둘 다 다니던 대학을 휴학하고 시험을 봐서 공무원에 합격했다. 이런 경우, 보통은 임용 유예를 하고 졸업장을 따고 공직생활을 시작한다. 하지만 이 친구들은 바로 임용을 선택했다. 그렇게 휴학계를 내고 버티다 급기야 대학 중퇴가 최종 학력이 되었다. 당시 대학원에 막 입학해 한창 일과 학업을 병행하던 내게 두 친구의 학력은 안타까움 그 자체였다.

그 후 몇 년이 흐른 지금, 우리는 여전히 친한 동료로 잘 지내고 있다. 이후 둘은 본청으로 발령이 났고, 아무나 갈 수 없는 요직 부서에서 근무하고 있다. 그리고 그날의 짧은 대화 이

후 나는 더 이상 두 친구에게 대학교 졸업장을 권하지 않았다. 공직에서 학벌이 주는 의미가 생각보다 크지 않음을 요즘 들어 부쩍 더 많이 느끼고 있기 때문이다.

7급 승진 후 첫 근무지였던 작은 동 주민센터에는 당시 최연소 합격자가 근무하고 있었다. 고등학교를 졸업하자마자 시험 준비를 해서 합격한 친구였다. 서글서글한 인상에 샤프한 성격의 그 친구는 나이가 어린데도 상당한 판단력과 유연성을 지녔던 걸로 기억한다. 공직에서 그렇게 어린 친구를 동료로 둔 것이 처음이었던 나는 그 직원을 대하는 것이 많이 어려웠다. 하지만 몇 주 지나지 않아 다른 동료처럼 편한 사이가 되었고, 일과 공직에서의 꿈, 공무원이란 직업에 대해 종종 함께 고민을 나눴다.

최근 해외 유학파, SKY 졸업생 등 소위 스펙 좋은 후배 공직자들이 우리 조직에도 많이 들어오고 있다. 1~2년 사이 그 친구들과 함께 일할 기회도 종종 있었다. 몇 년 전만 해도 소위 고스펙의 신규 공직자들이 드물었다. 그래서 당시에는 그들이 전공 분야를 살릴 수 있는 곳에 인사부서의 배려를 받아 근무를 하기도 했다. 하지만 요즘은 워낙 학벌 좋은 직원들이 많이 들어오기 때문에 대부분 전공과는 무관한 일반 행정업무를 맡는다. 동 주민센터에서 민원서류 발급부터 시작해 차곡차곡 업무를 배우는 것이 일반화된 것이다.

반면, 예전 어느 팀장님에게 들은 안타까운 일도 있다. 그 팀장은 국내 최고 대학의 석사 학위를 가진 9급 공무원과 같은 부서에 근무한 적이 있다. 하지만 그 직원은 자신의 학벌에 갇혀 제대로 조직에 적응하지 못했다. 동료들과의 관계도 좋지 않았고 업무에서도 사사건건 문제가 발생했다. 결국 어느 부서에서도 그 직원을 원하지 않았고, 그 직원도 늘 우울한 얼굴로 사무실에 앉아 있었다고 그 팀장은 회상했다. 당시 누구나 부러워하는 그 친구의 학벌이 오히려 아래부터 단계를 밟아 올라가야 하는 조직에는 맞지 않는 것처럼 보였다고. 물론 개인적인 성격도 분명 작용했겠지만 지자체의 9급 공무원이 되기엔 조금은 과해 보이는 학벌도 그 부적응에 영향을 준 것도 분명했다. 그 경험은 팀장에게 좋은 학벌의 직원이 결코 좋은 업무 능력과 직결되지 않는다는 인식도 함께 남겼다.

학벌과 스펙의 사회에서 공무원 조직은

이렇게 내가 일하는 조직에는 이제 막 고등학교를 졸업한 스무 살의 신입부터 '대학 중퇴', 해외 유학파 그리고, 최고 대학 최고 학부를 졸업한 '넘사벽 학벌'까지 다양한 학벌이 공존하고 있다. 더 재밌는 사실은 1년을 함께 근무해도 동료가 어느 대학을 졸업하고 뭘 전공했는지 거의 물어보지 않는다는 점이다. 사실 딱히 관심이 없다고 보면 된다. 물론 유난히 그런 것에 관심이 많은 소수의 직원도 있다. 그리고 우연히 그런 정보를 옆에서 듣게 된다면 아주 운이 좋은 것이다. 학벌로 자신을 과시한다든가 동료를 섣불리 평가하는 경우를 나는 여기에서 본 적이 없다. 나름 좋은 문화다.

새로운 모임이나 장소에 가면 "나이가 어떻게 돼요?" 아직도 이 질문을 하는 사람들이 종종 있다. 기분이 썩 좋지 않다. 하지만 적어도 공직에서 "어느 대학 나왔어요?" 이 질문에서는 해방되었으니 좋아해야 할까. '학벌과 스펙의 사회'. 지금 시대를 대변하는 어두운 민낯이 내가 몸담고 있는 이 조직에서는 조금 덜한 것 같아서 그나마 다행이라고 안심해도 될까.

학벌에는 대학과 함께 '초중고'의 학벌도 있다. 공직에서는 대학 이상의 학벌보다 그 이전의 학벌이 훨씬 더 중요하다. 대부분 그 지역 출신이 지자체장으로 선출되는 조직. 그곳에서 초중고, 특히 고등학교가 차지하는 의미는 상상을 초월한다.

나는 이 조직에서 학연·지연·학벌까지 아무것도 없는 공무원이다. 그래서 초중고로 만들어지는 그들만의 '카르텔'에 대해 깊숙이 알지 못한다. 하지만 적어도 그것이 가진 양날의 칼, 그 '양면성'에 대해서는 하고 싶은 말이 많다. 한창 잘나가던 분이 한순간 한직(본청이나 사업소에서 곧 퇴직할 사무관이나 권력 싸움에서 밀려나 힘이 없는 부서장들이 가는 자리)으로 발령이 나고, 인생의 화려한 봄날이 그렇게 허무하게 끝나는 걸 종종 봐왔다. 그럼에도 많은 사람들이 그 달콤함의 유혹을 뿌리치지 못하고 그 안에서 혹은 그 언저리에서 자신의 존재를 확인하는 모습을 본다.

공무원에게 학벌은 중요하면서도 또 중요하지 않다. 학연을 통해 다른 사람보다 조금 빨리 가고픈 솔직한 욕망을 가진 누군가에겐 분명 의미가 있다. 하지만 그 순간 또 다른 누군가는 학벌 따위는 미련 없이 던져버리고 오롯이 자신의 능력만으로 꿋꿋하게 걸어가는 용기를 보여준다. 이 두 가지의 오묘한 공존 속에서 이 조직은 지금까지 그럭저럭 굴러온 듯하다.

앞으로는 어떨까. 어느 것이 주류가 될지는 알 수 없다. 다만 수년 전 동 주민센터에서 함께 근무했던 당시 최연소 합격자였던 그 친구는 그 사이 군대를 다녀왔고, 8급으로 승진해 지금은 다른 구청에서 일하고 있다. 요즘은 업무적인 도움을 얻고자 내가 부쩍 그에게 자주 전화를 한다. 그때마다 반갑게 진심어린 목소리로 인사한다. 그리고 건너편에서 들려오는 스무 살 9급 공무원의 쾌활한 목소리에서 조금은 긍정적인 미래를 본다.

누가 공무원에게
갑질을 할까

"안녕하세요? 오늘과 내일 이 버스 인솔을 맡게 된 주무관 ○○○입니다! 워크숍에서 좋은 추억 많이 만들어 가실 수 있도록 적극 지원하겠습니다."

"우아~~!!"

"기사님, 출발하실까요?"

산 좋고 물 맑은 경치 좋은 곳에 숙소를 잡고 1박 2일 동안 진행되는 단체원들의 역량 강화 워크숍. 그 출발은 이렇게 활기참을 듬뿍 담은 모습이다. 얼마 전 나는 어느 관변 단체(공공 기관의 지원을 받는 민간단체)의 워크숍 인솔 공무원으로 출장을 다녀왔다. 짧다면 짧은 1박 2일 여정 속에서 내가 느낀 '갑질'

의 단상. 사실 공무원들이 일반인에게 하는 '갑질'은 이미 많이 회자되었고, 같은 공무원인 내가 봐도 심한 경우가 많다. 반면, 공무원들에게 누가 '갑'인지는 상대적으로 관심이 덜한 듯하다. 과연 누가 공무원에게 '갑질'을 할까.

두 번의 저녁 식사가 가져온 갑질

워크숍이 진행되는 숙소 인근 식당에서 간단한 점심을 먹고 오후 내내 단체원을 대상으로 특강이 이어진다. 특강이 끝나면 저녁 식사와 함께 전문 이벤트 사회자가 무대 위로 오른다. 테이블별 퀴즈와 게임 등으로 참여자들의 폭소와 선의의 경쟁을 유도하는 화합의 시간이다. 그렇게 사람들은 젊은 진행자가 이끄는 '계획된 화합'의 시간에 푹 빠져들고 있다.

같은 시간 강의실 바깥에는 인솔자로 따라온 공무원들이 무표정하게 앉아 있다. 행사를 주관한 부서의 담당자도 아니고 단순한 인솔 직원들이다. 버스별 인원 체크와 관리가 주요 업무인 만큼 오후 특강과 화합의 시간에는 특별한 역할이 없다. 강의실 입구에 놓인 소파와 안내 책상에서 무료하게 시간을 보내는 것이 우리에게 주어진 임무라면 임무였다. 각자 소소한 일상을 나누며 조금씩 우리라는 공동 의식을 나름 만들어가고 있었다. 그 시간 우리가 바라는 것은 빨리 공식 행사가 끝나는 것뿐이었다. 행사가 끝나야 숙소로 돌아가 쉴 수 있기 때문이다. 뷔페식의 저녁 식사를 행사장 입구 책상에 빙 둘러앉아 서둘러 '해치운' 우리에게 식사의 질은 큰 의미가 없었다. 아침부터 버스 한 대를 꽉 채운 주민들을 인솔하느라 너무 지쳐 있었다. 시간은 저녁 8시를 넘어 9시를 향해 가고 있었고 '이제 우리 방으로 가겠구나' 한껏 기대하던 참이었다.

그때 갑자기 행사 주관부서의 팀장이 인솔 공무원들을 소집한다. 인근 식당으로 가서 저녁을 제대로 먹자고 한다. 행사장에서 잘 못 먹은 우리를 위해 맛있는 걸 사줄 테니 따라오란다. '지금 이 시간에?' '배 안 고픈데⋯⋯.' '그냥 혼자 가시면 되지, 왜 우리까지 끌고 가는 거지?' 그 순간 온갖 짜증스러움이 밀려왔다. 직원들 표정이 갑자기 어두워졌다. 이미 밖은 어두컴컴하다. 그 어둠 속에서 우리의 어두워진 얼굴이 미처 안 보였던 걸까. 아니면 애써 외면했던 걸까. 그 팀장은 진심으로 우리를 걱정하는 듯 다정하게 계속 "그냥 따라오라"고 얘기한다. 그가 앞장서 걷고 나를 비롯한 직원들이 굳은 표정으로 숙소를 빠져나와 식당이 있는 방향으로 터벅터벅 걸어 내려갔다. 그러다 행사장 쪽에 있던 직원이 급하게 우리 쪽으로 달려왔다. 직원들이 이렇게 행사가 끝나기도 전에 없어지면 단체원들 사이에서 말이 나오니 다시 올라가야 한다는 것이다. 팀장이 그제야 마지못해 다시 가자고 한다. 그날따라 별빛이 유난히 밝은 밤하늘이었는데, 그 별빛의 반짝임처럼 우리의 눈빛도 다시 생기를 찾았다. 경쾌한 발걸음으로 숙소의 행사장 앞에 거의 왔을 무렵, 우리 앞에 단체장이란 분이 나타났다. 그리고 아까 그 팀장이 한 얘기를 드라마처럼 똑같이 반복한다. 정말 똑같았다. 직원들 밥 제대로 못 먹었을 테니 인근 식당으로 가서 밥을 먹자고 하신다.

아! 산 넘어 산이라더니. 그렇게 우리는 돌아왔던 그 길을 다시 또 우울하게 내려갔다. 가기 싫어 자꾸만 뒤처지는 20대의 젊은 직원들은 결국 식당으로 오지 않았다. 단체장과 팀장 그리고 몇 명의 공무원들이 막걸리와 안주가 푸짐하게 차려진 식당 테이블과 마주했다. 그 순간 나는 결정을 해야 했다. 제대로 분위기를 맞추든지 아니면 그냥 숙소로 도망가든지. 다행히 10시까지만 문을 여는 곳이란다. '그래, 그때까지만 적당히 분위기 맞추고 가자!' 그렇게 결심하니 오히려 마음이 편했다. 그 후 두 시간 동안 오고 가며 부딪히는 술잔과 이런저런 사는 이야기들로 나름 화기애애하게 '두 번째' 저녁 식사가 끝났다.

10시가 조금 넘어서야 방으로 돌아갈 수 있었다. 세 명이 함께 쓰는 숙소. 잠자리에 들기 전 그날 우리에게 일어났던 예기치 못한 '갑질'에 대해 한참을 수다 떨어도 모자를 참이었다. 하지만 셋 중 가장 선임이었던 나는 잘 자라는 인사를 하고 먼저 방으로 들어왔다. 혼자만의 휴식이 필요했다. 그렇게 11시도 되지 않아 우리 숙소의 불은 조용히 꺼졌다.

거절은 어떤 사람에게는 엄청난 무례함이 되기도 한다. 그리고 그 거절이 공무원에게는 두고두고 따라다니는 꼬리표가 될 수도 있다. '설마 그럴까'라고 생각하는 사람이 있을지도 모르겠다. 하지만 시민들이 직접 선출하는 '민선' 지자체의 특성상, 공직의 윗분들을 많이 접하는 수많은 단체의 '장'들. 그들이 공직의 누군가에게 무심코 던진 말 한마디가 어떤 공무원에게는 평생 따라다니는 '낙인'이 되기도 한다. 그런 경우를 종종 보았기에 나는 어제 저녁 식사를 그냥 따라나선 것이다. 그 순간들을 그렇게 참고 넘기면 그런 '낙인'의 대상이 될 확률을 조금은 낮출 수 있으니까.

공무원이란 직업이 가진 국가와 시민에 대한 특별한 사명감은 어떤 경우에는 시민들, 상사 또는 조직에 대한 불필요한 충성과 눈치 봄을 만들어내기도 한다. 그런 분위기에서 10년 이상 일을 하다 보면 나도 모르게 이게 사명감인지 충성인지 쓸데없는 눈치 보기인지 구분이 안 된다. 하지만 출장지에서 내가 '갑질'로 느꼈던 상황 안에서 나는 과연 당당했을까.

김영란법과 갑질

그리고 몇 년이 지나 본청의 한 부서로 발령받아 근무하던 어느 날이었다. 한창 더위가 맹위를 떨치던 여름 늦은 오후 시간 휴대폰 진동음과 함께 메시지가 떴다. "○○○님이 선물과 메시지를 보냈습니다"

보낸 사람은 바로 내가 담당하던 민간 위원회의 위원님이었다. '방금 전까지 사무실에서 회의를 하고 나가신 분이 왜 이런 걸 보냈지?' 의아한 생각이 들었지만 우선 선물 내역을 열어봤다. 부서 직원들이 나눠 먹을 수 있는 작은 아이스크림 꾸러미였다. 사무실을 방문할 때 미처 챙기기 못 했던 간식거리를 늦었지만 선물한 것이다. 나는 잠시 고민에 빠졌다. 그리고 '거절하기'를 클릭했다. 금액으로 치면 겨우 몇천 원의 아이스크림이지만 거절했다. 그리고 바로 수화기를 들었다. 적잖이 당황하고 계실 그분의 마음도 이해되었기에.

"위원님, 저 영지입니다. 직원들 고생한다고 챙겨주신 점 너무 감사드립니다. 근데 요즘은 조그만 선물이라도 받지 않는 분위기라서요……. 위원님이 양해를 좀 해주셨으면 합니다."

"아이스크림 몇 개인데도 그런가요?"

"네, 죄송합니다."

"뭐 그렇게까지 말씀하시는데……. 잘 알겠습니다."

"다시 한번 죄송하다는 말씀드립니다."

수화기 너머로 그분의 언짢은 심기가 느껴졌다. 그리고 이후 위원님과의 보이지 않는 거리감이 생긴 건 이미 예상했던 바다. SNS로 받은 아이스크림 꾸러미를 거절할 수 있었던 건 일명 '김영란법'(부정청탁 및 금품 등 수수의 금지에 관한 법률)이 시행되고 안정기에 접어들던 때였기 때문이다. 법 시행 초기의 '대혼란기'를 벗어나 공무원 조직에서 오랫동안 관례적으로 이루어지던 '주고받기' 또는 '받기만 하기' 문화가 본격적으로 변화를 맞이하던 시기다.

하지만 '김영란법'이 막 적용되었던 초반은 사뭇 달랐다. 직원들은 특히 각종 민간 위원회와 식사를 포함한 회의나 간담회를 어떻게 바꿔야 할지 많이 혼란스러워했다. 판례도 정확한 규정도 없었던 전혀 새로운 시스템으로의 전환. 현장에서 담당자인 공무원이 모든 책임을 지고 판단을 해야 했다.

12월 어느 날, 연말 송년행사 시기를 맞아 주민자치센터 프로그램 강사와 수강생들이 함께 준비한 어느 송년회에 초대를 받게 되었다. 나는 평상시처럼 상사들을 모시고 송년회장을 찾았다. 그리고 행사장에 발을 들여 놓는 순간, '아차!' 싶었다. 백 명은 족히 넘는 사람들이 빼곡하게 앉아 있었고, 고급스러운 뷔페 음식들이 푸짐하게 차려져 있었기 때문이다.

차려진 음식들을 보자마자 내가 모시고 간 상사들은 의례적인 축사와 인사말을 서둘러 끝내고 내게 말했다. "담당자니까 밥까지 먹고 와요." 지시 아닌 지시를 남기고 그분들은 홀연히 사라졌다. 그리고 나는 혼자 덩그러니 남겨졌다.

'일단 먹고 생각하자.' 배가 너무 고팠던 나는 음식들을 푸짐하게 담아 먹기 시작했다. 허기짐이 어느 정도 가라앉자 잠깐 미뤄두었던 고민이 스멀스멀 올라왔다. '밥값은 어떻게 하지?' 그렇게 마음 한편을 맛없는 고민덩어리로 한가득 채우며 어떻게든 지시받은 대로 그 시간들을 또 꾸역꾸역 채웠다. 시간은 흘러 적당히 떠나도 되는 순간이 찾아왔다. 나는 사람들과 유쾌하게 인사를 하고 행사장을 빠져 나왔다. 그리고 건물

의 현관이 아닌 연회장 사무실이 있는 지하층으로 조심스럽게
내려갔다. 사무실 유리문을 조용히 노크하고 들어가자 직원
두 명이 앉아 나를 무심하게 바라본다.

"무슨 일로 오셨죠?"

"제가 지금 위에서 열리고 있는 '○○○송년회'에서 밥을 먹
었는데요. 죄송하지만, 제 것만 계산해주실 수 있나요?"

"1인분만요? 거기 행사는 한꺼번에 계산을 하는 건데요."

"네, 사정이 있어서 그래요. 그리고 카드로 부탁드립니다."

사정사정하며 계산을 하고 나오니 홀가분했다. 차디찬 겨
울의 한기를 느끼며 건물 앞 주차장을 향해 걸어가는 나의 발
걸음은 평소보다 경쾌했다. 비밀스러운 프로젝트를 성공한 듯
혼자 빙그레 웃고 있었다. 내가 먹은 밥값을 내 돈으로 계산한
게 뭐 그리 대단한 거라고. 하지만 누구의 지시도 은근한 강요
도 아닌 오롯이 나 혼자만의 결정이었다. 비록 몰래한 계산이
지만 그럼에도 나는 나에게 당당했다. 갑질에서 나를 지키는
열쇠는 누구도 아닌 바로 내 손에 있었던 것이다.

공무원 월급,
'박봉'이라는 소문의 진실

10여 년 전 내가 공무원이 되어 첫 월급을 받았을 때가 생각난다. 급여명세서에 찍힌 80여만 원 본봉 금액. 경악했다! 당시 잘 나가던 IT분야에서 일하다 공직에 들어왔던 나였다. 민간기업에서 받았던 마지막 급여가 2백만 원이 넘었으니 공무원으로 전직하면서 거의 3분의 1로 쪼그라든 것이다. 아마 그때쯤 나는 마음을 접었던 것 같다. '여기서 돈을 보고 일하는 건 바보 같은 짓이야.' 9급 신규 공직자가 받는 수당을 포함한 100만 원 남짓한 월급을 '박봉'이 아니라고 말할 수 있는 사람이 얼마나 될까.

사실 호봉이 낮은 8~9급 공무원의 급여는 누구에게 얘기하기 창피할 정도다. 예전에 친구들이 호기심에 월급이 얼마

냐고 몇 번을 물어왔던 기억이 난다. 하지만 나는 있는 그대로 내 월급을 말할 수 없었다. 창피하기도 했고, 금액으로 내가 하는 일의 가치가 결정되는 것 같아서 말하기 싫었다. 누군가는 박봉이라는 말에 배부른 소리 한다고 할지 모른다. 하지만 끝도 없이 올라가기만 하는 물가에 비해 공무원이 받는 월급은 솔직히 초라하다. 특히 이제 막 사회생활을 시작한 9급 공무원의 월급봉투는 얇아도 너무 얇다. '박봉' 맞다!

그럼 연봉 받는 공무원들은?

잊을 만하면 신문에 대문짝만하게 등장하는 '공무원 평균 연봉'은 10년 이상 공직에서 월급을 받아온 나란 공무원이 느끼기에도 너무 많은 금액이다. 사실 나도 궁금한 기자님들의 연봉 계산법. 그분들 실제 지방자치단체 8~9급 공무원들의 급여명세서를 들여다보긴 한 걸까. 차포(車包) 다 떼고 100여만 원의 실수령액이 적힌 9급 공무원의 급여 상세명세서를 본다면 기사 제목을 그렇게 뽑을 순 없을 것 같은데. 그럼에도 많은 사람들이 그런 기사에 고개를 끄덕인다. 나조차도 이 조직에 있지 않았다면 같이 고개를 끄덕이면서 '하는 일 없이 세금만 축내는 공무원들'이라고 욕하지 않았을까.

나 같은 평범한 지자체 공무원에게 급여는 연봉이 아닌 월급이다. 한 해 근무를 채울 때마다 한 개씩 더해지는 호봉 월급쟁이. 공무원들의 호봉제는 명문화되어 국가직이든 지방직이든 사실상 똑같다. 다만 조직마다 조금씩 다른 수당 지급 기준이 약간의 차이를 만들 뿐이다.

연봉제는 4급 국장부터 적용된다. 내가 속한 조직에서 그 정도 위치가 되려면 최소 25년에서 30년은 재직해야 한다. 우리끼리는 그런다. 거기까지 가려면 '산전수전 공중전까지' 다 겪었을 거라고. 5급 사무관부터는 본격적인 경쟁 시작이다. 작정하고 덤비든가 고만고만한 자리에서 편안하게 퇴직을 준비하는 길. 두 가지 중에서 선택을 해야 한다. 5급 과장보다 자리가 더 적은 4급 서기관은 실력과 정치력에 '운'까지 더해져야 가능하다. 그런 분들이 받는 연봉은 과연 '박봉'일까. 조심스러운 주제가 될 수밖에 없지만 내가 가진 경험으로만 풀어놓자면 4~5급 공무원의 업무 역량과 근무 여건은 천차만별이다. 일명 요직 부서에서 일하는 분들, 본의든 타의든 작정하고 경쟁에 뛰어든 분들은 주말 밤낮이 없다. 낮에는 각종 보고와 검토, 현장 점검 그리고 각종 민원 면담(요즘 주민들은 과장이나 국장 면담부터 요청한다), 밤에는 행사 참여, 각종 부서 단체들과의 회식 자리……. 딱 봐도 엄청난 체력과 스트레스를 동반하는 일상이다. 그렇게 수개월 또는 몇 년을 운동으로 또는 약으로 버티는 분들을 꽤 봤다. 그러다 사무실에서 쓰러져 병원에 입원하는 경우도 있고, 일부는 회복하지 못하고 공직을 떠나야 했던 안타까운 일도 있었다. 그런 분들에게 과연 연봉이 주는 의미는 어떤 것일까.

단순히 돈이 '많다, 적다'의 의미를 넘어 짧게는 20년 길게는 30년 이상을 한 번도 내려놓지 않은 '공무원'이란 직업에 대한 자존심 아닐까. 내가 아직 가보지 않은 자리이자 아직 받아보지 못한 연봉이지만 개인적인 권력욕이든 공직에 대한 사명감이든 어쩌다 그렇게 되었든 수십 년을 밤낮없이 뛰어다닌 결과가 단순히 연봉 얼마로 설명될 수는 없을 것 같다. 특히 공무원의 일은 금전적인 수익이나 가치로 평가할 수 있는 것이 아니기에.

반면, 상대적으로 편안한 길을 선택한 공무원도 있다. 과장도 포기, 국장은 꿈도 안 꾼다. 이런 분들은 어떻게 보면 같이 일하는 부하 직원들에게는 세상 편한 상사일 수도 있다. 일을 만들지도 가져오지도 않고 일찍일찍 퇴근하기에.

하지만 출근해서 하는 일이 결재서류 클릭과 날인밖에 없다면? 같은 공무원들의 이런저런 부정적인 평가와 수군거림까지 피할 수는 없다.

나의 월급을 말할 차례

이제 10년을 막 넘긴 나란 공무원의 월급은 적을까 많을까. 내가 지금 하고 있는 일을 기준으로 판단하자면 그냥 적.당.하다고 말하고 싶다. 구청에서 고만고만한 업무를 하고 있기에. 각종 수당과 원천징수(급여에서 직접 떼는 금액) 금액들을 반영하여 2백만 원이 조금 넘는 실수령액. 10여 년 전 백만 원 수준에서 이제 두 배가 넘는다. 그럼 나는 그때에 비해 두 배 이상의 일을 하고 있을까. 냉정하게 따지면 그렇게 봐야 하는 게 내가 받는 월급의 가치 아닐까. 아직은 갈 길이 너무 멀다.

공직을 바라보는 바깥세상의 시선은 차갑다. 공무원이라는 직업에 대해 갖는 사람들의 근본적인 '냉소'. 월요일 오전, 주말 동안 밀린 민원 처리를 위해 수십 명의 줄이 늘어선 동 주민센터 민원실. 북적북적 사람들이 다 빠져나간 후 일순간 적막이 찾아온 그 공간에 마침 들어선 누군가. (잠깐의 휴식을 위해) 영혼 없는 눈빛으로 앉아 있는 민원대 공무원. 그를 바라보는 민원인의 시선에도 차가움이 묻어 있다. 무엇보다 〈공무원

평균 연봉 ○천만 원〉이란 기사를 거칠게 스크롤해 읽어 내려가는 사람들의 머릿속에도 '냉소'는 선명하게 흐르고 있다. 그 '냉소'에 이미 너무도 익숙해진 공무원들의 모습에 조금은 씁쓸해진다.

"개인적인 일로 ○○○회는 더 이상 함께하기 어렵게 되었습니다."

(아무 댓글이 없다.)

"오프라인에서 종종 얼굴 뵙겠습니다. 감사합니다!"

(아무 댓글이 없다.)

"혹시 결산 관련해서 궁금하시면 따로 연락 주세요."

(여전히 댓글이 없다.)

(영지 님이 나갔습니다.)

공직에 들어와 장장 7년을 함께한 어느 사모임에 올린 나의 탈퇴 인사다. 2019년도 결산 공지를 마지막으로 그 모임에 나는 안녕을 고했다. 7년이나 동고동락한 모임치고는 끝이 너무 조용했다. 한편으론 시원하고 한편으론 씁쓸했다. 결국 이렇게 될거면 공무원 내 사조직을 도대체 왜 만들까 싶은 순간이었다.

이곳저곳 다양한 부서에서 일을 하다 보면 자연스럽게 사적인 모임이 만들어진다. 이 모임도 그중 하나였다. 꽤 오래된 인연이지만 가장 먼저 정리한 것도 바로 이 모임이 되었다. 왜 그랬을까. 한때나마 열정과 애정을 가지고 모임을 챙겼던 나였는데, 지금은 세상 부담스러운 자리가 되었다.

지난 연말 모임, 참석 여부를 묻는 공지에도 나는 아무런 댓글을 달지 않았다. 사실 내 말 한마디 한마디가 어떤 식으로든 해석되는 것, 그것조차 싫을 때가 있지 않은가. 그때 난 결심했다. 이 모임을 더 이상 나갈 수 없음을. 그리고 궁금해졌다. 내가 처음에 왜 이 모임에 들어왔을까. 내가 변한 걸까 아니면 이 모임이 변한 걸까.

마침 개인 메시지로 누군가 무슨 일 있냐고 내게 물어온다. 아무 일도 없다고 답했다. 그리고 솔직하게 말했다. 내가 변한 거라고. 부담스러운 모임이 된 것 같고 더는 함께하는 게 의미 없는 일 같다고. 그제야 "그래, 편하게 살자"며 내 말뜻을 이해

한 듯 답변이 왔다. 항상 그래 왔던 공무원 사조직이었으니 변한 건 내가 맞다. 그때는 보이지 않았던 것들이 이제는 보이는 것일까. 누군가는 말하겠지. '이제 좀 컸다고 저러고 나가네.' 뭐 그럴지도 모른다. 내 마음 깊은 곳 또 다른 나는.

수년 전 대규모 행사 추진을 위해 임시로 꾸려진 조직에서 함께 일하면서 만들어진 모임이었다. 국장, 과장, 팀장, 7급 주무관 등 20여 명의 대규모 사조직으로 서로 밀어주고 당겨주며 한때 정말 잘나가던 때도 있었다. 그러다 모임의 중심이 된 국장과 과장이 퇴직하면서 분위기가 많이 달라졌다. 사실 공무원들의 사적인 조직은 정말 마음이 잘 맞아서 모임을 만드는 경우가 아주 없지는 않지만, 승진과 보직을 위한 네트워크 관리가 중심이다.

단톡방 분위기가 그걸 말해준다. 소소한 일상 이야기는 거의 없다. 모임 공지와 참석 여부에 대한 댓글, 승진 인사 후 축하의 댓글과 감사의 댓글, 필요에 의해 모였고 필요한 사람들의 필요한 공지와 필요한 댓글만이 단톡방을 떠다닌다. 실제 오프라인 모임의 모습도 별반 다르지 않다. 의례적인 인사와 썰렁해지는 분위기를 애써 끌어올리는 '건배사'와 대부분은 의미 없는 '술잔'들의 부딪힘. 사실 지겹다. '뭣 하러 나의 개인적인 시간을 내면서까지 이런 걸 또 해야 할까.' 내가 변한 게 맞다!

반면, 나의 공직 첫 동 주민센터에서 만난 공무원들과의 작은 모임이 하나 있다. 10년이 넘은 인연으로, 멤버는 달랑 여섯 명이다. 당시 팀장님과 언니들, 친구 그리고 동생까지. 작년 연말, 이 모임 속 내 모습은 사뭇 달랐다. 장소를 찾아보고 단톡에 올려 멤버들의 의견을 물어보며 나름 분주하게 만남을 준비했다. 모임 당일 여섯 명 중 네 명이 모였다. 밤늦게까지 각자의 자리에서 속 깊은 얘기를 나누었다. 서로를 보듬어주었고 또 치유받았다. 헤어짐이 아쉬웠다. 지겹지 않았다. 10년을 넘게 본 사람들인데 정이 많이 들었다. 편했다. 나는 빨갛게 상기된 얼굴로 때론 심각했고, 때론 큰 소리로 웃었다. 나를 있는 그대로 드러낼 수 있는 사람들과의 모임이라면 기꺼이 나의 시간을 낸다. 설렘을 담은 발걸음으로 나는 언제든 달려갈 준비가 되어 있다.

공무원들의 사적인 모임은 도대체 어떤 모습이 맞는 걸까. 각자 나름의 우선순위에 따라 무척 다양한 모습일 테다. 나는 분명 변한 게 맞다. 불과 몇 년 전 경쾌한, 때론 경박한 웃음으로 이런저런 모임을 찾아다니던 그 공무원은 어디 갔을까. 무엇이 나를 변하게 만든 걸까. 그 답을 당장은 찾기 어려울 것 같다. 하지만 내가 가고 있는 이 길이 내가 원하는 방향이라는 건 분명하다.

(띠링띠링)

"팀장님! 오랜만이에요."

"그려. 무슨 일 있어? 뜬금없이 무슨 선언을 하고 그랴. 어디 가?"

"아니에요. 그냥 이래저래 모임 활동이 좀 어려울 것 같아서요."

"어디 멀리 가는 건 아니지? 아예 얼굴 안 보고 살 거야?"

"(웃음)아니거든요. 나중에 따로 얼굴 한번 봐요."

"(안도의 웃음)그래. 따로 얼굴 한번 보자고."

탈퇴 인사를 하고 몇 분 뒤 걸려온 전화였다. 걱정 반 궁금증 반으로 직접 이유를 물어보고 싶었던 어느 팀장님의 전화 한 통은 조금은 씁쓸했던 내 마음을 툭툭 다독여주었다. 한때 모임에서 친했던 분들과 소주 한잔하면서 이런저런 소소한 이야기를 나눌 때도 있었는데, 어쩌다 보니 이런 몇 초의 통화도 어려운 사이가 되었다. 나는 무엇을 잃어버린 것일까. 내가 인연의 끈을 너무 쉽게 놔버린 걸까. 아직도 혼란스러운 마음이지만 그럼에도 다시 돌아가고 싶은 마음이 안 드는 건 다행이다.

공무원은 공문서와 결혼한다,
행복할까?

같은 '공 씨'끼리 결혼이 될까 싶겠지만 공무원은 발령과 동시에 그가 만들어낸 공문서와 늘 함께한다. 길고 긴 애증의 공존 관계가 시작된 것이다. 어떤 문서는 공무원을 살리고 또 어떤 문서는 공무원을 괴롭히고 또 상처내기도 한다.

"주무관님! 여기 '담당 공무원 확인'란이 다 비었잖아요."

"어디요? 어머, 여기도 다 작성해야 하는 건가요?"

"네, 이게 전부 지출 증빙에 사용되는 건데, 나중에 문제 됐을 때 어떻게 증명하실래요?"

"아……. 네. 전부 다 보완하겠습니다."

"귀찮더라도 이런 서류의 확인란은 꼭 채우세요. 나중에 주무관님을 살려줄 건 이 문서들밖에 없어요."

　요즘 지방자치단체 하부기관들은 '점검과 평가'가 한창이다. 연말에는 상급기관이 하부기관의 운영 현황을 점검하고 잘한 곳은 '상'을 주고, 못한 곳은 '시정'을 때리느라 정신이 없다.

　최근 평가를 위해 방문한 하급기관의 현장 평가에서 담당 주무관과 나눈 대화다. 사실 지금까지 여러 곳의 평가를 다니면서 요즘처럼 꼼꼼하게 '잔소리'를 한 적이 있었던가. 경험이 쌓이고 비슷한 업무를 계속하게 되니 이런 평가 때 내가 담당자로 있을 때는 결코 보이지 않았던 구멍들이 많이도 보인다. 그래서 최근 방문한 곳에서 담당자들과 최소 한 시간은 딱 붙어 앉아서 구멍 났을 법한 서류들을 몽땅 가져오라고 한다. 그리고 하나하나 설명하면서 이 문서 저 문서 챙기라고 폭풍 잔소리를 하고 있다. 솔직히 담당자는 물론 나도 많이 힘든 작업이다. 그렇지만 그만둘 수가 없다. 1년에 딱 한 번 있는 기회다. 이때가 아니면 현장의 공무원들이 공문서랑 잘 지내고 있는지 확인할 방법이 없다고 보면 된다. 그래도 시간은 한 시간 내로 정해둔다. 그러면서도 설명 중간중간 담당자가 알아듣고 이해

했는지 살핀다. 혹시라도 담당자가 지루한 기색이나 애매한 표정을 보이면 멈추고 잠깐이라도 쉰다. 그렇게 일주일 동안 10여 개의 기관 평가를 무사히 마무리했다.

내적 갈등이 왜 없을까. '뭣 하러 이렇게까지 하니?' '평가랍시고 잔소리로밖에 안 들으면 소용없잖아.' '대충 하고 담당자들 일하게 짧게 끝내고 와.' '아니야, 그래도 이때 아니면 언제 해. 욕먹더라도 할 건 하자!'

그럼에도 불구하고 나는 미처 챙기지 못한 공문서들이 나중에 담당 주무관들을 어떻게 괴롭힐지 보인다. 그래서 대충 할 수가 없다.

행정의 최전방인 동 주민센터는 이런저런 민원 처리로 하루하루 정신없이 돌아가는 곳이다. 이런 곳에서 공무원이 정신 똑바로 차리고 수시로 만들어내는 모든 공문서를 챙기기란 정말 어렵다. 그래서 조금이라도 먼저 겪어본 내가 나중에 공무원들을 괴롭힐 만한 '최소한의 문서들'을 얘기해줘야 하는 게 아닐까. 하루에 2~3군데를 방문하고 담당 주무관들을 붙들고 이것저것 설명한다. 퇴근 시간이 다 되어 사무실로 돌아오면 머리가 '띵~'하다. 그럼에도 멈출 수가 없다. 과거 내가 그들의 위치에 있을 때 누군가 이렇게 잔소리해주었더라면 내게 친절한 공문서들을 몇 장이라도 더 만들어놓았을 텐데. 그 아쉬움 때문에라도 연말 '점검 및 평가 시즌'은 놓칠 수 없는 기회다!

나를 따라다니는 공문서

공직 초기 동 주민센터 민원대에서 근무할 때다. 처음에 나는 내가 만들어내는 문서에 대해 크게 신경 쓰지 않았다. 그러다 조금씩 느끼기 시작했다. 공문서, 특히 내가 날인하고 서명하고 또 내 이름이 적힌 모든 문서들. 그것들은 문서보존기간(3년, 5년, 10년, 영구보존 등) 동안 나를 줄곧 따라다니는 '지독한 것'이었다. 솔직히 좀 무서웠다. 특히 부동산 매매에 사용되는 인감증명서를 수백 장씩 발급할 때는 더욱 그랬다.

첫 발령지에서 나의 첫 업무가 바로 인감 담당이었다. 부동산 등기에 없어서는 안 되는 인감증명서. 10년 전, 지금처럼 지문인식기가 도입되기 전이다. 그때 나는 사람들이 내미는 신분증 위의 동전만 한 증명사진을 뚫어지게 쳐다보며 적게는 수백만 원, 많게는 수억 원대의 부동산 거래에 쓰이는 공문서를 발급했다. 하루에도 수백 장씩 받아 든 사람들의 신분증은 참으로 다양했다. 고등학교 교복 입은 사진의 신분증을 내미는 중년 남자, 소녀 같은 미소를 짓고 있는 젊은 어느 시기를 담은 할머니의 신분증, 뿔테 안경을 쓴 사진보다 실물이 훨씬 더 멋진 대학생…….

하지만 늘 그렇듯 현실은 그다지 낭만적이지 않았다. 인생의 다양한 시점을 담은 사람들 신분증 속 조그만 증명사진은 나에게 바로 앞에 서 있는 사람과 동일한지를 3~4초 안에 판단해야 하는 중요한 도구일 뿐이었다. '같은 사람이겠지?!' 많은 순간 80~90퍼센트의 확신을 스스로에게 '강요'하면서 발급했다고 하면 과장일까. 1년이 채 안 되는 기간 동안 수천 장의 인감증명서를 발급하면서 동시에 나는 법원에서 수시로 배달되는 사실 조회서를 받았다. 사실 조회에는 언제, 누가, 인감증명서를 몇 장 발급해 갔는지에 대한 의뢰도 있다. 그 문서에 문제가 생기면 십중팔구 그걸 발급한 공무원에게도 문제가 생긴다. 그래서 공무원은 발령과 함께 공문서와 '강제결혼'을 한다. 문서보존기간 동안 나는 그 문서들과 일단은 같이 살아야 하는 거다.

민원대를 벗어나면 좀 나을까. 사실 더 지독한 문서들이 기다리고 있다. 특히 예산 집행과 관련된 것들로 어느 부서를 가든 공무원은 문서를 만들어낸다. 지출품의, 출장신청서, 추진계획서……. 거의 모든 문서들이 예산과 관련이 있다. 몇백 원짜리 볼펜을 사더라도 품의서, 견적서, 사진 증빙 등 기본적으로 3~4개를 갖춰야 한다. 지출 서류의 문서보존기한은 5년이다. 다른 부서에 가더라도 5년 동안은 그 문서들이 언제 나를 감사실로 불러들일지 모르니 마음의 준비를 단단히 해둬야 한다. 이것이 내가 요즘 현장 평가를 나가 까마득한 후배 공무원들을 옆에 앉혀 놓고 '잔소리'를 하는 이유다. 내가 그 자리에 있을 때 챙기지 않으면 더욱 챙기기 어려운 게 공문서다. 다른 부서에 가서 다른 업무를 하다 보면 그때 또 챙겨야 할 새로운 공문서들이 나와의 '결혼'을 줄줄이 기다리고 있다. 그러니 그때그때 잘 챙겨야 한다. 의례적으로 말하는 '나중에 잘해줄게'가 통하지 않는다.

공무원을 살리는 공문서도 있다

그럼 공문서는 죄다 공무원을 피곤하게만 하는 걸까. 아니다. 공무원을 살리는 공문서도 많다. 얼마 전 담당하고 있는 공사의 업체 계약을 하기 전 최종 현장 확인을 관련 부서 담당자들과 함께 나갔다. 출장 후 나는 현장 확인을 통해 변경된 설계 내용을 기록한 출장복명서를 현장 사진과 함께 결재를 올렸다. 이런 경우, 현장에 누가 함께 있었는지 사진으로 남기는 건 출장 내용만큼 중요하다.

지금까지의 경험으로 하나 깨달은 것이 있다면, 의도를 했든 하지 않았든 사람의 기억은 완벽하지 않다는 것이다. 나조차도 바로 어제 일을 잘못 기억한 적이 꽤 많지 않은가. 하물며 공적인 업무에서 사람들은 하루에도 크고 작은 의사결정과 판단을 한다. 그것 하나하나를 완벽하게 기억해내는 사람이 과연 몇이나 될까. 그래서 이런 문서들은 공무원을 살리는 문서다. 나중에 사람들의 왜곡된 기억이 만들어내는 예기치 않은 문제의 상황. 그때 이놈들이 어딘가에 숨어 있다가 '짜잔' 하고 나타나 담당 공무원을 살려준다. 출장 후 복귀한 사무실. 몇 시간 동안 쌓인 전화 메모와 이메일을 보고 있자니 한숨이 저절로 나온다. 그래도 나를 살려줄 공문서는 챙겨야 한다. 출장복명서 서식을 열고 타닥타닥 자판을 두들기기 시작한다. 시간은 벌써 저녁 8시를 훌쩍 넘어간다. 현장 사진을 '붙임문서'로 저장하고 '기안' 버튼을 클릭한다. 그렇게 나는 또 하나의 공문서와 결혼했다.

"영지 주무관님, 혹시 저 기억 못 하세요?"

"네? 아뇨. 저랑 처음 근무하는 거 아니에요?"

"(웃음)그게요. 며칠 전에 10년 전쯤 우리 구 신규 공직자 오리엔테이션 참석자 명단을 우연히 봤거든요. 거기서 주무관님 이름이랑 제 이름을 봤어요. 우리가 그때 같이 오리엔테이션을 받았나 봐요."

"어머! 그래요? 근데 왜 기억이 안 나죠? 진짜 며칠을 주무관님이랑 제가 같이 교육받은 게 맞아요?"

"네, 저도 깜짝 놀랐어요."

"근데 어떻게 10년도 넘은 문서가 아직 남아 있죠? 신기하네요."

"그 문서 덕분에 주무관님하고 저랑 10년 전부터 아는 사이였다는 거 알았네요."

어떤 공문서는 이렇게 깜찍한 짓도 서슴지 않는다. 10년 전 까맣게 잊고 있었던 부서 직원과의 인연을 되살려주기도 하기에. 공무원과 공문서. 사실 이 결혼에 반대를 하고 싶지만 종종 이렇게 '갑툭튀'하는 귀여운 공문서가 있어서 나는 공문서에게 잘하려고 나름 노력하고 있다. 노력을 멈춘 결혼이 어떤 모습일지 상상하면 좀 그렇지 않은가.

코로나 팬데믹 속, 막연한 공포로 맞이한 선거

"정말 이걸 하겠다는 거야?"

"말도 안 돼. 우리 다 죽으라는 거잖아."

"방역은 어떻게 하겠다는 거지?"

"설마 마스크랑 장갑은 주겠지?"

"아……. 이번 투표사무원 정말 빠지고 싶다!"

(다들 긴 한숨을 내뱉는다.)

2020년 2월, 제21대 국회의원 선거에 대한 공문이 시행된 날. 예.정.대.로 선거는 4월 15일에 치른다는 내용이었다. 선거에는 수백 명의 공무원들이 투개표사무원으로 차출된다. 투표사무원들을 위한 업무 절차가 붙어있는 공문을 읽고 사무실 분위기가 급 무거워졌다. 그러다 내가 불쑥 내뱉었다.

 "정말 이걸 하겠다는 거야?"

 이 말에 조용히 있던 다른 직원들의 푸념들이 한꺼번에 터
져 나왔다. 2월이면 한창 코로나 바이러스가 지방을 중심으로
확산되고 있을 때였다. 당시 나는 매일 아침 눈을 뜨면 가장
먼저 침을 꿀꺽 삼켜서 목 상태를 확인하고 열이 없는지 이마
도 만져보았다. 출근길 문 앞에는 방역복을 완벽하게 갖춰 입
은 보안요원이 발열 체크와 출입증을 확인했다. 그렇게 무사
히 사무실로 출근한다 해도 누군가 기침이라도 하면 불안감에
이내 마스크를 다시금 고쳐 쓰던 긴장된 분위기가 수주째 이
어지고 있었다.

 '설마 선거를 할까.'

 사실 난 반신반의했다. 선거 한두 달 전. 직원 대부분은 이
번 선거가 예정대로 치러질 것이라 생각하지 않았다. 아니 예
정대로 치러지면 어쩌나 '불안했다'가 정확한 표현이다. '이 상
황에 수천 명의 유권자들을 좁은 투표소에서 만나야 해? 에
이……. 공무원도 사람인데, 설마. 뭔가 대책을 마련하고 조금

연기해서 치르지 않을까?' 온갖 추측들이 사무실 공간과 내 머릿속을 둥둥 떠다녔다. 하지만 선거업무 담당자의 투표사무원 차출 공문은 어김없이 시행되었고, 우리 사무실에서도 나를 포함 전부 6명이 최종 투개표 사무원 명단에 이름을 올렸다.

조금 특별했던 2020년 4월 15일 선거 D-day

'아 진짜 내가 선거를 하는구나! 코로나 선거!'

그렇게 나는 지난 4월 15일, 제21대 국회의원 선거 투표사무원으로 차출되어 투표소로 출근을 했다. 새벽 4시 반에 투표함을 수령하고 투표소가 있는 중학교 체육관으로 차를 몰았다. 투표소로 가는 10여 분의 시간 동안 앞서가는 투표관리관님의 차량을 나는 조금은 불안하게 바라보고 있다. '오늘 괜찮을까. 아무 일도 없어야 할 텐데……' 막연한 두려움에 나도 모르게 차량 핸들을 꽉 쥐었다.

아직은 어둠이 짙게 깔린 새벽 시간. ○○동 제○투표소 앞. 희미한 불빛 사이로 웅성웅성 사람들의 목소리가 들려온다. 마음이 급한 투표관리관님은 서둘러 차량에서 투표함과 용품을 꺼내어 곧장 체육관으로 들어갔다. 나는 10명 남짓의 투표사무원 명단을 꺼내 들고 출석을 확인하고 명찰을 배부했다.

다들 나와 비슷한 마음이었을까. 조금은 긴장하면서도 상기된 표정들. 하지만 누구 하나 묘하게 흐르는 그 긴장감을 군이 표현하지 않는다. 아니, 하지 못한다. 그냥 각자에게 주어진 일을 말없이 할 뿐.

주부, 학생, 공무원, 선생님 등등. 하는 일도 나이도 성별도 각기 다른 사람들이 투표사무원들로 모였다. 그날 우리는 처음 만났다. 그럼에도 이번 선거가 주는 '특별한 공포'를 운명처럼 함께해서일까. 보이지 않는 연약한 끈이 그날 투표소의 사무원들을 얼기설기 묶어놓은 듯했다. 사적인 농담도 일상적인 대화도 거의 없었던 공간. 하지만 그날의 투표소는 내가 경험한 과거의 그 어떤 선거보다 조용했고 또 침착했다. 사무원들도 유권자들도 그랬다.

사실 투표소는 선거 전날 설치된다. 투표관리관으로 지정된 시청의 팀장 한 명과 공무원 세 명이 투표 장소인 학교 체육관에 선거 전날 먼저 모여 선관위에서 보내온 투표용구함을 확인하고 물품들을 꺼내 정리한다. 실내외 기표소를 설치하고 화살표와 안내문을 붙이는 작업을 전날 오후 동안 하는 것이다. 올해 투표사무원 인원은 예전 선거에 비해 많이 적었다. 하지만 코로나 방역으로 인해 해야 할 일과 챙겨야 할 물품들은 훨씬 더 많았다. 투표소 방역과 거리두기, 손소독제, 체온계, 일회용 비닐장갑, 자가 격리자 투표를 위한 방역복까지. 여러 개의 박스와 꾸러미가 체육관 한편에 수북이 쌓여 있었다.

즉, 올해는 절반의 인원으로 두 배 이상의 일을 해야 했다. 그럼에도 나와 함께한 투표관리관님은 조금 남달랐다. 선거 교육을 받기 위해 백여 명이 한 곳에 모인 사전 교육장에서의 첫 만남에서 그분은 간단한 인사말 외에는 별다른 말이 없었다. 투표 전날과 투표 당일에도, 밀봉된 투표함을 개표장소로 인계하고 투표소로 돌아오는 호송 버스 안에서도, 투표관리관님은 필요한 말 외에는 말이 없는 편이었다. 그나마 나눈 몇몇의 대화로 알 수 있었던 건 공직생활이 몇 년 남지 않았고, 수십 번의 선거업무를 해봤다는 사실이었다. 그럼에도 그는 틈틈이 선거사무 안내책자를 탁자에 펴놓고 '투표 전날과 투표 당일 해야 할 일'들을 꼼꼼하게 확인하고 또 확인했다.

내가 근무한 투표소는 주민수가 그다지 많지 않았다. 하지만 꾸준히 밀려드는 사람들 그리고 투표소에 스며있는 깊은 긴장감으로 투표관리관님은 혹시라도 사고가 생길까 책상에 앉아있질 못했다. 투표시간 내내 투표소 안팎을 들락날락하며 상황을 살폈다. 근무 인원이 적어 점심시간 교대도 여의치 않아 나와 맞교대를 해야 하는 상황이었다 관리관님은 먼저 밥을 먹으라고 나를 보냈다.

'아 몇 시간만의 휴식인가!' 나는 투표소 근처 백반집에서 급하게 순두부찌개를 먹어치우고 편의점에서 산 캔커피를 들이키면서 잠시나마 투표소 내의 긴장감에서 벗어날 수 있었다. 꿀맛 같은 시간. 하지만 그것도 잠시, 투표소로 다시 돌아간 나는 또다시 매시간 투표인원을 보고하고 투표록을 적어나갔다. 그렇게 시간은 흘러 드디어 정각 18시.

선거가 끝나고 난 뒤 나에게 남은 것은

"투표를 종료하겠습니다!"

투표관리관님의 단호한 선언과 함께 투표함이 밀봉되고 투표관리관과 나, 참관인 그리고 호송 경찰관들은 대기 중인 호송 버스에 올라탔다. 다른 투표소에 비해 조금 일찍 출발했음에도 이미 개표장 입구에는 투표함 인계를 위해 수십 명의 공무원들이 줄을 서 있었다. 새벽 4시부터 시작한 긴 하루. 다들 초췌한 모습이다. 하지만 표정만은 밝았다. 오늘도 사고 없이 무사히 끝났다는 안도감이었을 터. 그 뒤에서 투표함을 들고 조용히 서있던 투표관리관님의 얼굴도 다소 긴장이 풀린 듯했다. 그렇게 개표장으로 투표함을 무사히 전달하고 돌아오는 차 안.

"다들 고생하셨습니다."

그렇게 한마디 말과 함께 투표관리관님은 바로 창밖으로 시선을 돌린다. 그분 뒷자리에 앉아 나는 무슨 생각을 했을까. 불과 두어 달 전, 선거가 일정대로 치러진다는 공문 하나에 발끈해 불평을 쏟아내며 동료들의 동조를 은근한 유도하던 나의 말 한마디. 바이러스가 가져온 '막연하지만 현실의 공포'. 하나의 선거에 대해 두 명의 공무원이 각기 다른 곳, 다른 시점에서 보인 상반된 반응. 옳고 그름의 문제라기보다 경험하지 못한 공포를 다루는 '그릇'의 차이가 아니었을까. 나는 그렇게 버스 뒷자리에 앉아 그분을 바라보며 공포 앞에 한없이 가벼워져버린 내 모습을 어둑어둑 희미한 유리창에 연신 비춰보고 있었다.

이윽고 버스가 투표소인 학교 교문 앞에 도착했다. 동행했던 참관인과 경찰관들과 작별 인사를 마치고 투표관리관님께 버스 안에서 계속 궁금했던 질문을 했다.

"아, 관리관님 혹시 오늘 점심 드셨어요?"

"(별거 아니라는 듯) 뭐, 아침을 든든히 챙겨 먹어서 점심은 안 먹어도 돼요. 허허."

"너무 죄송합니다. 제가 챙겼어야 했는데……. 저만 먹고 와서 관리관님 점심을 못 챙겼네요."

"괜찮아요. 지금 가서 먹으면 됩니다. 오늘 고생 많았어요."

빨리 들어가라고 손짓을 하는 관리관님을 뒤로 하며 보이지 않는 바이러스와 함께 해야 했던 '선거 공포'는 다행히 무사히 지나갔다. 하지만, 이제 나는 말 한마디가 가지는 또 다른 공포를 알아버린 듯하다.

시민의 일상을 지키기 위한
공무원의 일상

(부서의 서무담당 직원이 회의탁자에 곱게 접은 종이를 쭉 늘어놨다.)

"자, 이제 뽑기를 시작합니다!"

"누가 먼저 하실래요?"

"매도 먼저 맞는다고…….'

(내가 얼른 가서 하나를 집는다.)

(나머지 직원들도 하나씩 들고 내용을 읽어본다.)

종이에 적힌 건 딱 인원수만큼 할당된 집합시설 명단. 집합
시설의 규모가 수백 명에서 십여 명까지 천차만별이다. 주말
동안 집합 행사에 긴급 점검이 결정되면서 본청의 거의 모든
직원이 동원되었다. 우리 부서는 직급과 관계없이 공평하게

제비뽑기를 했다. 이제 갓 들어 온 신참이든 10년이 훌쩍 넘은 6~7급 공무원이든 그 순간만큼은 평등했다. 그렇게 집어든 조그만 종이에 적힌 시설 이름을 가지고 이제 직원들은 각자의 자리로 간다. 일제히 위치를 검색해보고 운영시간 등 정보를 찾기 위해서다. 몇몇은 전화를 해서 사전에 시설 담당자와 통화를 해본다.

2020년 1월 정기인사 때 나는 대규모 행사를 준비하는 팀으로 발령이 났다. 올해 말을 목표로 야심차게 준비하던 행사는 부서로 온 지 한 달도 채 지나지 않아 코로나 팬데믹 상황에 맞닥뜨렸다. 그렇게 행사 준비는 지난 2월 이후부터 현재 6월까지 수개월째 모든 것이 멈춰버렸다. 아무것도 할 수 없었다. 이 상황이 언제 끝날지도 모른다. 행사 개최 여부가 불투명해졌고 추진을 하더라도 형식이 어떻게 될지 결정된 것이 아무것도 없다. 행사, 위원회, 축제, 커뮤니티 활성화 등 사람들 간의 만남을 통해 진척되고 만들어지는 사업을 추진하는 조직의 많은 부서들. 그 담당 공무원들도 아마 나와 비슷한 상황이 아닐까.

동 행정복지센터에서 구청에서 시청에서 공무원들은 저마다의 크고 작은 과제와 목표를 가지고 아웅다웅한다. 그러다가 수개월 전 갑자기 모든 것이 바뀌었다. 공무원들과 주민들 앞에 '코로나19'라는 공동의 과제, 아니 '공동의 적'이 갑자기 나타난 것이다.

'거리두기'가 만든 주민들과 공무원들의 마주보기

PC방, 체육시설, 헬스장, 교회 등등 공무원들은 주민들이 모이는 곳이면 주중이고 주말이고 가리지 않고 담당부서에서 만들어준 점검표를 출력해서 찾아 갔다. 코로나 때문에 장사도 안돼서 사람도 없는데 무슨 '거리두기' 점검이냐며 가게 주인들에게 욕도 많이 먹었다. 그럼에도 공무원이기에 감수해야 한다. 매뉴얼에 적힌 절차와 점검 항목은 모두 확인해야 한다. 한편으로는 혹시라도 내가 담당한 시설에 문제가 생기면 어쩌나 걱정이 되기도 한다. 저마다 공무원증을 목에 걸고, 점검표와 볼펜을 손에 든 채 때론 어색하게 때론 감정 없이 건물 입구를 들어섰을 것이다.

일요일 오전 9시. 나의 첫 집합시설 점검이다. 처음이라 긴장도 되고 어떻게 하는지 몰라서 아는 직원들에게 물어도 봤지만 딱히 시원한 답을 들을 순 없었다. 불안한 마음에 미리 전화도 몇 번 해봤지만 도통 받지를 않았다. 도착한 곳은 주택가 한적한 4차선 도로변, 단층의 허름한 한옥 건물. 오래됐지만 선명한 나무 문패가 선명하게 내가 제대로 찾아왔음을 말해준다. 하지만 인기척도 없고 문도 굳게 닫혀있어 그냥 갈까 한참을 문 앞에서 서성이다가 커피를 한 잔 사들고 근처에서 계속 기다렸다. 한 시간쯤 지났을까. 다시 건물 앞을 가봤다. '아, 문이 열려 있다!' 급히 공무원증과 점검표를 챙겨서 안쪽으로 조심스럽게 들어갔다.

"아무도 안 계세요? 사회적 거리두기 점검 차 시청에서 나왔습니다."

(나는 마당 중간에 서서 건물 안쪽을 살폈다. 그때 창문 너머 중년의 여성분이 조심스럽게 얼굴을 내민다.)

"지금 저 혼자 있습니다. 보시다시피 온라인으로 진행하고 있어요."

"아 네, 그러시군요. 거리두기 잘 지켜주고 계시네요."

"저희가 밴드도 운영하고 있고, 10여 명 정도 되는 분들과 당분간은 온라인으로 하려고요."

"감사합니다."

"잘하고 있다고 잘 좀 적어주세요."(언뜻 미소가 보였다.)

"네 알겠습니다."(웃음)

커다란 마스크에 가려서 내 미소가 상대에게 보이기나 했을까. 그렇게 창문 하나를 사이에 두고 그분과 나는 길지 않은 대화를 끝냈다. 시설 점검을 여러 번 나갔던 어느 공무원이 말해 준 일화가 있다. 눈치를 무릅쓰고 계속 찾아간 동네의 작은 헬스장. 자주 봐서 이제 얼굴이 익숙해진 근육질의 사장님 얼굴이 오늘도 보인다. 그날따라 사업장을 들어서는 동료를 보고 큰 소리로 대뜸 말했단다.

"사회적 거리두기, 너~무 잘하고 있어요! 보세요! 사람이 한~명도 없잖아요."(손으로 휑~한 헬스장을 가리킨다.)

코로나가 만든 웃지도 울지도 못하는 상황. 점검 나온 공무원을 마냥 원망할 수도 없기에 사장님은 그렇게라도 누군가에게 표현을 해야 했던 것이다. 그 상황에 사장님과 담당 공무원은 마주보며 어색하게 웃을 수밖에 없었다. 코로나로 한창 '사회적 거리두기'가 시행 중이었을 때 그가 찾아간 대다수의 가게들이 문을 닫았다고 한다. 어떤 분은 개업한 지 얼마 되지 않았는데 코로나 때문에 빚더미에 올랐다는 하소연도 했다.

코로나가 바꿔 버린 일상. 현실은 치열했고 또 처절했다. 그 공간에서 공무원들과 주민들은 그렇게 어색하게 마주보며 서 있었다. 하지만 예전보다는 조금은 서로를 더 가깝게 느끼지 않았을까.

긴급재난지원금 업무, '띵동' 이 만든 또 다른 마주보기

지난해 6개월 동안 '시간선택제 근무'로 동 주민센터에서 근무하고 거의 1년여 만에 동 주민센터로 근무를 나가게 되었다. 정부 긴급재난지원금 신청 업무를 지원하기 위해서였다. 사실 첫 근무는 주말이었고, 전산을 직접 다루는 업무가 아니어서 특별히 기억에 남지 않았다.

하지만 두 번째 근무는 재난지원금 현장 접수 '첫날'이었기에 사실 긴장을 많이 했다. 내부 전산망에 올라온 수백페이지 분량의 접수 매뉴얼과 자료들을 하나씩 다운로드해서 읽어보고 또 읽어봤지만, 글자로만 설명해놓은 재난지원금 절차와 조건은 행정 서류에 꽤 익숙해진 내게도 어렵기만 했다. 다들 처음 겪어보는 생소한 업무라서 딱히 물어볼 데도 없었다. 그냥 현장에서 부딪혀서 해결하는 수밖에 없었다.

이미 지자체 재난지원금 신청을 수개월째 해온 터라 정부 지원금은 새로운 전산망을 하나를 더 추가하는 것에 불과했다. 그럼에도 첫날 접수현장은 아침부터 긴장감이 돌았다. 아니나 다를까, 9시 전부터 전산망이 먹통이었다. 내 자리는 물론 모든 접수창구의 전산이 되질 않았다. 이미 이른 아침부터 신청을 위해 줄을 서고, 번호표를 받아든 주민들이 대회의실에 꽉 차있었다. 거리두기를 지키기 위해 1미터 이상 떨어져 앉아 있는 주민들의 눈은 일제히 접수창구 공무원들을 바라보고 있었다.

드디어 9시 정각.
(접수창구의 알람음, '띵동'이 울리지 않는다)
'왜 안 울리지?'

모두들 의아한 눈빛으로 번호표와 창구를 번갈아 쳐다보지만, 그놈의 '띵동' 소리는 계속 울리지 않았다. 그렇게 거의 한 시간 반이 흘러 10시 반쯤 되었을까. 그제서야 모든 창구의 전산이 정상으로 작동되기 시작했다. 여기저기서 그토록 기다리던 '띵동' 소리가 시끄럽게 울려대기 시작했다. 은행이든 동 행정복지센터든 창구의 '띵동'하는 소리는 그냥 감정 없는 기계음일 뿐이었다. 하지만 그날은 조금 특별했다. 더 경쾌하고 정겹게 내 귓가에 와 닿았다. '띵동!'

아침부터 주민센터 건물 3층 대기실에는 거의 50명이 넘는 주민들이 기다리고 있었다. 하지만 신기했다. 늦어지는 접수에도 큰소리를 내는 사람도 짜증내는 사람도 없었다. 사실 바로 옆 동네에서 지자체 재난지원금의 첫 접수일 근무를 했던 직원에게 주민들끼리 거리두기 때문에 시비가 붙어 경찰까지 불렀다는 얘기를 들었던 터라 그날 나는 유난히 더 조심스러울 수밖에 없었다.

첫날 동 주민센터에 가장 먼저 도착한 여성분이 계셨다. 내 자리 전산이 그나마 상태가 좋아서 일찌감치 창구 의자를 하나 차지하고 계셨다. 시작부터 먹통인 전산 때문에 여러 번 "죄송하다"고 말하는 나에게 그 분은 "출근해야 하는데⋯⋯"라고만 하시고는 다시 조용히 앉아 기다리셨다. 그렇게 어색하게 마주보며 앉아 있기를 한 시간. 통신 문제가 해결되고 그 분의 접수를 무사히 끝냈다.

그날 수십 번의 '띵동' 소리를 내가 울린 것 같다.

"띵동!"

"세대주 본인이세요?"

"신분증 가져오셨죠?"

"세대원 몇 명이세요?"

"2~3일 후에 문자 받으시면 카드 사용이 가능하세요."

"여기 안내문에 사용 가능한 곳과 불가능한 곳 설명이 자세히 되어 있습니다."

나는 출력해놓은 매뉴얼대로 기계처럼 질문을 하고 또 안내를 했다. 대부분은 신청서 내용대로 접수가 되지만 가끔은 주민들의 내밀한 사연을 들어야만 풀리는 문제도 있었다.

"난 딸이랑 같이 살아. 오늘은 나랑 딸 지원금을 신청하러 왔어."

"아, 그러세요? 근데, 전산에서 이미 신청하셨다고 나오는데요"

"그래? 사실 아들이 지금 잠깐 해외 나가있는데 온라인으로

2인 가구 지원금을 신청했다고 얘기를 듣긴 했어. 남편은 아들이랑 같이 살거든. 아마 아버지랑 본인 지원금을 신청했을 거야."

"어머니 혹시 건강보험료는 누가 내고 있어요?"

"내가 딸이랑 같이 살긴 하는데, 건강보험료는 우리 아들이 내주거든……."

"지금 전산에서는 어머님 세대가 이미 신청을 한 내역이 있어서 등록이 안 된다고 나와요. 혹시 아드님이 어머니 지원금을 신청한 게 아닐까요."

"아니야, 난 딸이랑 같이 사는데 아들이 어떻게 신청해?"

"어머니, 재난지원금이 주민등록상 세대로도 묶이지만 건강보험으로도 묶일 수 있어서 혹시라도 아드님이 어머님 지원금을 신청했을 수도 있거든요"

"그게 무슨 말이야. 난 이해를 못하겠는데."(언성이 높아진다.)

"어머니, 그게……."(쩔쩔매며 계속 설명한다.)

창구접수가 현장점검과 다른 것이 있었다면 주민들과 나 사이에 창문 대신 PC 모니터가 덩그러니 놓여 있다는 것이다. 나는 모니터와 아주머니의 얼굴의 번갈아 쳐다보며 인적사항을 입력하고 등록버튼을 연신 클릭했지만 계속 뜨는 빨간색의 오류 메시지. 나중에 아주머니의 딸과 남편분도 와서 사정을 설명하고 해외에 있다는 아들과 통화까지 했지만 결국 연락처를 받아놓고 돌아가시라고 말씀드려야 했다. 이전에 한 번도 없었던 업무인지라 이렇게 전산이 꼬이는 경우가 종종 있다. 혼돈과 혼란의 연속이었던 긴급재난지원금 현장접수 첫날, 길고 길었던 오전 시간은 그렇게 내 이마의 진땀과 함께 꾸역꾸역 흐르고 있었다.

함께 '나란히 보았던' 그 시간

전산망이 원활하지 못했기에 업무 중간에는 큰소리도 때때로 났다. 하지만 대부분의 주민들은 대기석에 앉아 차분하게 기다렸다. 오히려 여러 개의 전산시스템을 한꺼번에 열어놓고 사용하느라 자리마다 '이건 되고 저건 안 되고' 접수창구 쪽 혼란이 더 많았던 날이었다.

그러다가 바로 옆자리 9급 공무원의 창구로 신청서가 한꺼번에 몰리기도 했다. 나는 옆에서 그 직원이 쩔쩔매며 접수를 받는 모습을 그냥 지켜봐야만 했다. 모두 처음 하는 업무라서 누구를 가르쳐줄 수도 또 도와줄 수도 없었기에. 후배가 안쓰

러우면서도 조금은 미안한 마음이 들었다. 그러다가 점심 교대를 그 후배와 같이하게 되었다. 오전 내내 접수시스템과 씨름하다 보니 유난히 배고픔이 심하게 느껴졌는지 근처 중국집으로 들어서자마자 후배는 짜장면, 나는 마파두부덮밥을 시켜서 서로 인사를 나눌 시간도 없이 순식간에 먹어치웠다.

사실 지원이나 파견근무를 나오게 되면 처음 보는 직원들과 이런 '어색한' 식사를 같이할 기회가 종종 있다. 오전 시간 긴장된 얼굴로 모니터와 주민들만 바라보다 식사를 마친 후 조금은 편해진 마음으로 후배의 얼굴을 마주하니, 마음속에서 뭔가가 올라오는 듯했다. 설마 그런 게 동료애였던 걸까. 점심값은 각자 계산했다. 그리고 식당을 나오며 나는 기다렸다는 듯이 툭 내뱉었다. "커피는 이 '언니'가 사주는 걸로!"

해맑게 웃는 후배 공무원의 얼굴에 덩달아 나까지 흐뭇해졌다. 잠깐이나마 마주보며 웃는 그 순간은 마치 내게 툭 떨어진 깜짝 선물 같았다. 카페에서 아이스커피 두 잔을 앞에 놓고 우리는 수칙대로 마주앉기가 아닌 나란히 자리를 잡았다. 코로나가 가져온 변화 중 하나는 '마주보기'가 아닌 바로 이런 '나란히 보기'가 아닐까.

둘이서 한참을 그렇게 창밖을 멍하게 바라보았다. 아직 반나절 더 남은 근무지만, 그 시간만은 한없이 '편했다!' 그 후배도 나도 오후에 일어날 일은 잠시 잊은 채 창 너머 보이는 평일 낮의 익숙한 거리 풍경에 푹 빠져들었다. 잠깐이나마 한 방향을 바라본 그 순간은 짧았지만 내내 머릿속을 떠나질 않는다.

오후 6시. 그날 마지막 '띵동'을 누르고 각자 접수건수를 마감한 후 공무원들이 일제히 건물 밖으로 걸어 나왔다. 마침 비가 억수같이 쏟아졌다. 주차장으로 비를 피해 뛰어가기 전 내가 후배에게 물었다.

"우산 있어요? 정류장까지 태워다 줄게요."
"아니요, 괜찮습니다, 선배님. 다음에 기회 되면 또 봬요."
"네, 그래요. 조심히 가요."

세찬 빗줄기를 가로지르며 각자의 집으로 돌아가는 퇴근길. 코로나는 과연 우리를 뚝 떨어뜨려 놓기만 한 걸까. 문득 의문이 들었다.

2장

공무원,
느리지만 확실히
변하고 있다

나는 이 조직을 다니는 게
부끄러웠다

"형편없는 곳이었습니다. 직원들은 고객에게 무례했고
서로서로 못살게 굴었으며, 회사를 창피하게 생각했습니다.
즐겁게 출근해서 신나게 일하는 직원 없이는 그 어떤
훌륭한 제품도 나올 수 없습니다. 어림도 없는 일이지요."

'골든 서클'로 유명한 사이먼 사이넥의 저서《나는 왜 이 일
을 하는가?》에 소개된 일화가 있다. 1980년대 최악의 실적을
기록한 미국 콘티넨탈 항공의 CEO로 막 부임한 고든 베튠이
그의 저서《꼴찌에서 1등으로(From Worst to First)》에서 콘티넨
탈사의 직원들에 대한 인상을 회상한 내용이다.

베튠의 묘사는 딱 10년 전 나의 모습이다.

지금으로부터 10년 전

당시 나는 수년 동안 다니던 회사를 관두고 공직에 대한 장 밋빛 꿈을 안고 이 조직에 막 들어온 신참 공무원이었다.

하지만 현실은 참담했다. 첫 발령지인 동 주민센터 근무. 매일 수백 명이 방문하는 주민센터 민원실은 신참 공직자에게는 지옥과도 같은 곳이었다. 발령 첫날, 민원서류 발급에 대한 법령 숙지도 안 된 신입 공직자에게 서류 발급 절차와 프로그램 사용법이 기계적으로 전달되었다. 한두 시간 만에 업무 인계를 끝낸 전임자는 유유히 떠난다. 자, 이제 어리둥절한 신참은 민원실 업무의 담당자가 된 것이다. 실수하면 모든 게 그의 책임이다. 민원 발급대 너머 주민 수십 명이 줄을 서서 기다리고 있다. 대기가 30명 이상 밀려 있다. 화장실을 가고 싶지만 눈치가 보인다. 그래도 꿋꿋하게 걸어 나간다. 하지만 마음은 내내 불편하다. 첫 발령지였던 주민센터 민원실의 일상적인 모습이다. 연말정산 간소화서비스가 시행되기 전이었기에 나는 이듬해 1월까지 매일 수백 명의 민원인들을 대상으로 수십 가지의 민원서류를 발급했다.

나는 겉으로만 친절한 척했고 사람들이 민원실을 나가면 내게 얼마나 무례했는지 '내 입장에서' 불평을 쏟아냈다. 서로 도와주고 협력하는 방법을 몰랐던 직원들은 끼리끼리 모여 화장실에서, 식당에서 동료와 상사를 원망하기 바빴다. 민원실에 앉아 기계처럼 서류 떼는 일을 하는 내 모습, 더 나아가 이 조직이 창피했다. 힘들게 고생한 수험 기간이 '고작 이런 걸 하기 위해서였나' 하는 후회가 퇴근 후에도 내 머릿속을 채웠다. 그런 나에게 공직의 의미나 사명감? 그런 게 있을 리 없었다.

그리고 10년 후

지금 나는 다시 동 주민센터(현재 '행정복지센터'로 이름이 바뀌었다)로 돌아왔다. 6개월 동안 한시적이지만 자발적으로 이곳에 왔다. 매일 한 시간씩 민원서류 발급을 다시 하고 있다. 나는 이제 민원실을 방문하는 주민이 두렵지 않다. 그들에게 무엇이 필요해서 왔는지 먼저 반가움을 담아 물어본다. 민원대 너머 서류를 넘겨주고 "안녕히 가세요!" 끝인사를 잊지 않는다. 그들이 행정서비스의 최전방인 이곳을 기분 좋게 기억할 수 있도록.

하루 종일 모니터와 전화기만 상대하는 직원들, 아침 인사 외에는 거의 말을 섞지 않는 사무실 풍경, 나는 이 분위기가 마음에 들지 않았다. 그래서 서너 명의 직원들과 점심을 먹으며 나름 진심을 담아서 고민을 털어놨다. 결국 그들의 공감을 얻는 데 성공했고 약 3주 전부터 업무 시작 직전, '아침 3분 스쾃'이 사무실에 도입되었다. 직원과 임시 근로자 모두 신나는 음악에 맞춰 팔과 다리를 쭉쭉 뻗는 스트레칭과 스쾃 열다섯 개를 하고 있다. 작은 소통의 시작, 딱 3분의 변화다. 나는 궁금하다. 앞으로 이 사무실이 어떻게 바뀔지.

현 부서 근무를 시작하면서 후배 공직자 두 명에 대한 자발적 멘토링을 제안했다. 민원 응대, 법령 해석, 보고서 작성, 실무 등 내가 가진 10여 년의 공직 경험과 노하우들을 그들에게 아낌없이 나눠주겠노라 선언했다. 그렇게 한 달이 흘렀고 '90년대생' 후배들이 조금씩 마음을 열 기미를 보인다. 각자 겉으론 괜찮은 척했지만 마음은 나름의 고민과 상처가 있었다. 그냥 들어주고 내가 아는 범위에서 최선을 다해 도와주기로 마음먹은 것뿐이다. 나는 궁금하다. 3개월 후 이 멘티들은 또 어떻게 바뀌어 있을까.

딱 10년 걸렸다. 조직에 대한 나의 생각을 바꾸기까지. 지난 10년 동안 도대체 나에게 무슨 일이 일어났던 걸까? 그걸 풀어놓고 소통하고 공감하기 위해 나는 글을 쓰기 시작했다. 이 글들은 지나온 나의 경험을 정리하고 앞으로 어떻게 살아가는 것이 진정한 '나를 찾는 길'인지에 대한 고민과 성찰의 기록이 될 것이다.

이제 앞서 소개한 콘티넨탈 항공 사례의 결과이다. 1980년대부터 1990년까지 두 번의 법정관리 신청, 10년 동안 열 명의 CEO 교체, 1994년 벤튠 부임 당시 6억 달러의 적자를 기록한 이 조직에 과연 변화가 생겼을까?

베튠 취임 이듬해 2억 5천만 달러 흑자를 기록했고, 미국에서 일하기 좋은 회사라는 명성까지 얻는다. 사이먼 사이넥은 벤튠의 성공 비결을 '신뢰'라고 말한다. 벤튠은 자신이 중요하다고 알고 있는 일에 집중했고, 항공사로서 가장 중요한 일은 비행기를 정시에 운항하는 것이라 생각했다. 당시 미국 10대 항공사 중에서 시간 엄수 부분에서도 최하위를 기록했던 콘티넨탈 항공. 그는 상위 5위 안에 들면 달마다 모든 직원에게 65달러 지급을 약속했고 그것을 충실히 지켰다. 급여와 별도로 지급된 이 보너스 수표에는 이런 문구가 적혀 있었다.

콘티넨탈 항공을 최고로 만드는 데 동참해주서서 감사합니다.

사실 일반기업이든 공공기관이든 '사람들'로 이루어진 조직에서 변화, 혁신, 좋은 리더십은 그리 대단한 게 아닐지도 모른다. 아주 작은 것에 대한 '실천'과 이를 바탕으로 한 '신뢰'의 구축이 바로 우리가 찾는 열쇠가 아닐까. 당장 눈에 보이지 않는다고 뭐가 안 되고 있는 건 아니다.

나는 왜 '조정'이란
운동에 빠졌을까

밸런스가 깨지면 앞으로 나아갈 수도

결승선을 통과할 수도 없다.

조정을 시작한 지 3개월이 채 되지 않았다. 단순한 호기심에서 시작한 운동이지만 지금은 이 운동을 통해 인생을 배우고 있다. 처음 조정 보트에 올랐던 날이 떠오른다. 아침 특유의 고요함을 담은 잔잔한 호숫가, 그 한편에 자리 잡은 선착장에는 20여 명의 사람들이 분주히 움직이고 있다. 좁고 날렵한 모양의 옅은 노란빛 조정 보트 한 대가 내 앞에 있다. 선배들의 도움으로 나는 생애 처음 조정 보트 위에 올랐다. 네 명의 크루(선수)와 한 명의 콕스(배의 선장 또는 키잡이)가 탄 보트 위. 내게 그 보트는 공기가 꽉 찬 바나나 보트처럼 왠지 모를 안정감을 주었다. 모든 준비가 끝나고 콕스의 명령과 함께 보트가 선착장에서 서서히 떨어져 나간다. 드디어 시작이다.

"조정, 의리와 배려!" 어느 조정 클럽의 슬로건이다. 처음 이 문구를 접했을 때 '의리? 배려? 요즘 이런 게 아직도 먹힐까?' 반신반의했다. 민간기업과 공직, 다른 색깔의 두 조직에서 근무를 한 내게 과연 '의리'와 '배려'는 얼마나 유효한 가치일까.

일심동체가 되지 않으면 결코 레이스에서 이길 수 없다.
각자도생이 아닌 협력이다.

솔직히 조금은 빛바랜 구호처럼 들린다. 대한체육회에 등록된 동호회 인원이 겨우 천 명 정도인 조정이란 스포츠. 이 운동이 추구하는 중요한 가치가 바로 이런 것이다. 오래되고 흔해서 잊어버리고 있던 소중한 것이 살아서 꿈틀거리는 곳이 바로 조정 보트 위, 그 공간이다. 그곳에서 하나 더 중요한 건 바로 밸런스, 균형이다!

지난 3개월, 폭 1미터도 안 되는 좁은 조정 보트 위에서 짧다면 짧은 그 시간 동안 조정을 경험하면서 내가 느낀 중요한 가치는 바로 '균형'이었다. 그동안 수영, 헬스, 등산 등 나는 꾸준히 운동을 해왔다. 하지만 유독 조정이란 스포츠는 남다르게 다가왔다.

첫 연습 이후 나는 거의 한 주도 거르지 않고 매 주말 아침 조정 연습장을 찾고 있다. 그렇게 한 번, 두 번 조정이란 운동을 경험할수록 그 운동을 함께하는 사람들에게도 점점 빠져들었다. 조정하는 사람들. 그들 나름의 특별한 균형 감각과 서로를 배려하는 모습은 내게 어떤 의미로 다가왔을까.

내 공직에서의 시간을 돌아보면 앞만 보고 달려왔다. 육아, 가사, 공부, 일……. 나에게는 이렇게 쉴 틈 없이 일상을 직진해야 하는 이유들이 차고 넘친다. 하지만 조정을 시작하면서 내게 새롭게 다가온 것이 하나 있다. 바로 '균형'이다. 양손으로 노를 젓는 '스컬'이라는 종목. 노의 넓적한 끝면을 세우는 '턴(Turn)'을 하고 물살을 잡아채는 '캐치(Catch)'. 이 동작을 네 명의 크루가 같은 템포로 하는 것이 조정 레이스에서 속도를 내는 핵심이다. 정말 어려운 것이다. 선수 개개인의 균형은 물론 그 균형을 바탕으로 네 명의 호흡까지 똑같이 맞춰야 가능한 것이다.

그러기 위해서는 크루 한 명이라도 균형이 깨지면 안 된다.

이 균형은 어떻게 잡는 걸까. 노를 세우고 물살을 잡아내는 그 짧은 동작에서 내가 머리를 옆으로 살짝 돌리면 어떻게 될까. 이 작은 불균형은 배 전체의 밸런스를 무너뜨리고, 이는 다른 크루의 동작에도 영향을 준다. 즉, 조정은 네 명의 크루가 한 몸처럼 움직이는 경기다. 보트 위 내 몸의 작은 움직임까지 통제해야 하는 극도의 섬세함이 필요하다.

조정은 나에게 아주 특별하다

내가 내 몸의 작은 움직임까지 통제한다는 의미. 이걸 통제해서 얻어지는 내 몸과 배 전체의 균형. 공무원이라는 나의 직업과 누군가의 엄마, 아내, 딸, 친구라는 개인적인 삶. 그 경계 어느 점을 아슬아슬하게 오고가는 일상의 순간순간 속에서 때로는 당황하고 때로는 냉정해지고 때로는 절망하는 내 모습을 본다.

이 둘 사이의 균형은 내가 공무원이란 직업을 그만두지 않는 한 계속 풀어내고 또 견고하게 만들어야 할 과제가 아닐까.

잔잔한 호수 위에 아슬아슬하게 떠 있는 조정 보트 위. 그 모습은 나의 일상과 꼭 닮았다. 내가 균형을 잡고 있어도 다른 누군가에 의해 평온한 일상은 언제든지 흔들릴 수 있다. 그렇다면 나는 무얼 할 수 있을까. 보트 위에서 내가 해야 하는 첫 번째는 정신을 똑바로 차리고 양손의 노를 가지런히 잡아 밸런스를 유지하는 것이다.

균형. 공직과 개인적인 삶 사이 중간 어느 지점. 거기에 나는 단단히 두 발을 땅에 딛고 내가 원하는 방향으로 멈추지 않고 한 걸음씩 나아가야 한다.

다시 첫 조정 연습 날 아침, 호수 표면의 무수한 수초들 사이를 헤치고 내가 탄 보트는 거침없이 앞으로 나아가고 있다. 이른 아침 정적 속에서 보트 위 네 명의 크루가 만들어내는 노 젓는 소리만이 공기를 가로지른다. 첫 승선인 나는 어떤 힘도 보태지 못했다. 양손의 노를 꽉 쥐고 균형을 유지하는 게 내가 할 수 있는 유일한 일이었다. 그때 나는 무엇을 느꼈을까. 막연한 두려움? 아니다. 신기하게도 그때 나는 앞으로 이 배 위에서 새로운 사람들과 만들어갈 또 하나의 이야기가 문득 궁금해졌다. 왠지 모를 설렘과 기대감. 내 인생 첫 조정 연습 날 아침은 그렇게 흐르고 있었다.

공무원과 민원인이 함께
스콰트을 해요

"자, 오늘은 스콰트 열다섯 개 할게요."
"하나, 둘, 셋, 넷…… 발바닥 전체에 힘을 주세요!"

우리 사무실에서 가장 오래된 근무자인 복지도우미분이 그저께 아침 스콰트을 난생처음 진행하면서 직원들에게 내뱉은 구호다. 전날 같이 해보자고 제안했을 때만 해도 수줍게 '내가 그런 걸 어떻게 하냐'던 모습은 어딜 가고 이렇게 잘 해내실 줄이야.

내가 현재 근무하고 있는 평범한 주택가 골목길 깊숙한 곳에 위치한 동 주민센터 민원실의 평일 아침 풍경이다. 약 두 달 전부터 작은 소통을 위해 이곳에서 시작한 '아침 3분 스콰트'

이 만들어낸 변화다. 그동안 이곳에 무슨 일이 생긴 걸까?

먼저 이 주민센터에 대해 간단히 소개하자면, 주민 2만 명 내외의 비교적 작은 지역을 관할하는 센터다. 정식 명칭은 행정복지센터로, 5급 사무관인 동장 이하 6급 팀장과 7~9급 실무자까지 총 열한 명의 공무원이 근무하고 있다. 그리고 임기제, 공무직, 공공근로, 자원봉사, 복지도우미 등 일반직 공무원 외 근무자까지 합하면 아담한 4층 청사 공간에 20명 남짓한 사람들이 일하고 있다.

그래서 여기 사무실의 출근 시간은 이질감과 다양성이 섞인 '이채로움' 그 자체다. 시크한 90년대생 신참 공무원, 동네 터줏대감 통장님, 옆 동네 살지만 근무는 여기서 하고 계신 나이 지긋한 젠틀맨 박 선생님, 공무원 시험 준비에 한창인 이제 갓 스무 살 넘은 풋풋한 사회복무요원까지. 이 사람들 나름의 활기참과 반가움을 담아 때론 무심하게 때론 정겹게 우리는 서로에게 인사를 건넨다.

"안녕하세요? 좋은 아침입니다!"

아주 짧고 평범한 인사. 하지만 저마다의 색깔을 띠고 내 귀로 흘러들어온다. 그러기에 매일 아침 한 명 한 명의 목소리가 궁금하고 또 기다려진다. 약 4개월간 주민센터에서 일하면서 발견한 '가장 행복한 순간'이다.

처음엔 다들 아침 인사가 조금은 낯설고 어색했다. 하지만 변화는 작은 곳, 스쾃에서 시작되었고 지금은 그 어색함이 무색할 정도로 출근 시간 분위기가 확 바뀌었다.

스쾃(squat): 허벅지가 무릎과 수평이 될 때까지 앉았다 섰다 하는 동작으로, 웨이트 트레이닝의 아주 기본적인 운동이다. 정확한 자세로 한다면 관절 통증이 줄어들고 체력과 건강을 향상시켜주는 운동이지만 제대로 하지 않으면 관절에 무리가 오고 부상을 입어 평생 후유증이 생길 위험이 있다.

그렇다. 스쾃도 잘해야지 잘못하면 평생 남을 부작용이 있다고 경고한다. 뭐든 쉬워 보이지만 의외의 결과는 항상 있다는 말로 이해된다. 실제 우리 사무실에서도 이런 일이 일어났다. 다행히 좋은 방향으로.

출근 시간 속 작은 소통을 위한 '아침 3분 스쾃'을 제안한 이유는 공무원들 사이의 다소 가라앉은 근무 분위기를 바꿔보고 싶은 마음에서 출발했다. 그런데 의외의 곳에서 반응이 왔다. 바로 센터에서 공무원들과 함께 일하는 사람들이다. 상황은 항상 예측대로 가지 않는 법. '아침 3분 스쾃'은 공무원보다 그 옆에서 함께 일하는 사람들에게 더 큰 효과를 발휘했다. 잘하지는 않지만 밝은 표정으로 스쾃을 따라하고 심지어 그 시간을 기다리는 사람들이 내 눈에 보이기 시작했다. 그래서 고민했다. 이 반응을 어떻게 하지? 답은 간단했다. 늘 직원 한 명이 주도해온 운동 시간에 이분들도 함께하는 방법을 찾아야 한다는 것. 사실 공무원들은 순환 보직 때문에 당장 내일 발령이 나서 다른 근무지로 갈 수도 있다. 하지만 공무원 외 근로자들은 특별한 사정이 없으면 이곳에서 우리보다 더 오래 근무하고 또 새로 오는 공무원들과 함께 일하게 된다.

이 스쾃을 시작한 공무원들이 떠나도 실천이 지속되고 또 주민센터에서 의미를 가지려면 남아 있는 사람들이 주도해야 한다. 그래서 자원봉사자 한 분과 센터의 최고참 도우미분에게 진행을 부탁했다. 못한다고 손사래를 치던 모습은 어딜 가고 두 분 다 잘 해내는 모습에 감동이 밀려왔다. 왜 이분들이 주도하는 것이 필요한지 다른 직원들에게 설명을 해야 하는데 다행히 이렇게 글로 정리를 하니 쉽게 풀릴 것도 같다.

2019년 5월 15일 오전

이날의 스쾃은 더 특별했다. 바로 이 '3분'이 주민센터 직원을 넘어 민원인들의 마음도 함께 움직였기 때문이다.

그날 아침도 어김없이 사무실에 경쾌한 음악이 시작되었다. 직원들은 각자 자리에서 일제히 일어나 스트레칭을 시작했다. 물론 한 명이 구호도 붙이고 리드했다. 그날은 업무 시작을 기다리며 어르신 두 분이 민원실 대기석에 앉아 있었다. 한 분은 복지팀 업무, 나머지 한 분은 민원 서류를 떼러 오셨다. 대부분 이런 경우 민원대를 기준으로 바깥의 민원인들은 신기한 표정으로 구경만 하는 게 보통이었다.

그런데 이날은 달랐다. 음악이 나오자 대기석에 앉아 있던 두 분이 일어선다. 그리고 자연스럽게 직원들과 함께 동작을 처음부터 끝까지 따라했다. 하나의 장벽처럼 높아만 보였던 그 민원대가 이날만큼은 민원인과 직원들을 연결하는 커다란 실타래처럼 보였다.

동 주민센터에서 시작한 '아침 3분 스쾃'은 내겐 하나의 실험이었다. 학교에서 조직행위와 리더십을 좀더 깊이 있게 공부하면서 절실히 느꼈던 현실과 이론의 격차를 현장에서 어떻게 좁힐 수 있을까. 유명한 경영 이론이나 최신 통계와 기술,

아니면 심오한 심리학적 접근이 필요한 걸까? 아니다.

결국은 사람이었다. 사람을 바꿀 수 있는 건 사람이다. 변화를 원하면 내가 바뀌는 것이 먼저다. 그리고 꾸준하게 일상에서 작은 것부터 실천하는 것. 이 생각이 나로 하여금 모든 것들을 시도하고 또 쉽게 포기하지 않게 만들었다.

매일 아침 8시 53분이 되면 우리 동 주민센터는 하나, 둘, 셋, 넷…… '아침 3분 스쿼'으로 하루를 조금 남다르게 시작한다. 그리고 남다른 반가움으로 직원들은 민원실을 찾는 주민을 맞이할 것이다.

"스쿼 같이 하실래요?"

'선한 영향력'이 지금
우리에게 절실하다

선한 영향력을 드리겠다는 책임감이 더 컸다.

- 방탄소년단 -

얼마 전 사무실을 벗어나 처음으로 동 주민센터 두 명의 후배 멘티들과 저녁을 함께했다. 식사 후 맥주 한 잔씩을 앞에 놓고 나는 편하게 후배들에게 물었다. 공직에 들어와서 가장 힘들었던 순간이 언제였는지. 한 명의 후배가 털어놓은 이야기는 이랬다.

그 친구에게 가장 힘든 시간은 처음 발령을 받아 사무실에서 첫 업무를 맡은 때였다고 한다. '정말 아무것도 모르겠네. 아⋯⋯. 막막하다'라는 마음이 들었지만 그 순간, 그는 어디에도 도움을 청할 수 없었다. 누구도 선뜻 나서서 신입을 챙기는 건 고사하고 다들 자기 업무 하기도 바빠 보였다. 그는 수십 번 머릿속으로 고민했다. '누구한테 물어봐야 하지? 지금 이런 거 물어보면 짜증낼까?' 이런 생각들로 시간을 계속 허비하다 가 결국 그냥 일이 터질 때까지 앉아 있었다고 한다.

실제로 그렇게 일을 그르치는 후배를 옆에서 지켜본 적이 있다. 아니면 끙끙대면서 나름의 방식으로 업무를 처리하다 상사나 동료에게 한소리 듣고 힘들어하는 친구도 있었다. 이 후배는 후자 또는 그 중간쯤이었던 것 같다.

이야기를 들으면서 10여 년 전 나의 주민센터 첫 근무 때와 그 후 다른 부서로 옮겨 새로운 업무를 맡았을 때가 떠올랐다. '누구도' 도와주지 않았던, 세상 혼자인 것 같았던 그 시간들. 오히려 '너 얼마나 잘하나 두고 보자'는 분위기. 그래서 상처 받고 힘들었던 순간들이 아직도 선명하다. 10년이 흘러도 이 리 선명한 감정인데 불과 1년이 채 안 된 이 어린 친구가 그동 안 느꼈을 상처들이 너무도 이해가 되었다. 적어도 그 순간 그 일터에서 이 친구 곁엔 아무도 없었다. 오롯이 혼자였다.

사람들이 무서웠다. 언제 상처 줄지 몰라서

그 후배 그리고 대한민국 수천 명의 민원대 근무 공직자들의 또 다른 아픔은 업무에서 받는 일상의 크고 작은 상처들이었다. 10여 년 전 내가 그랬듯이 이 후배도 같은 과정을 겪고 있었다. 그리고 그 상처들이 제대로 아물지 않은 채 그 마음속에 여전히 남아 있다.

후배는 '지금은 괜찮다'고 한다. 하지만 난 왜 반대로 들릴까. 그래서 마음이 더 아팠고 같이 눈물을 글썽일 수밖에 없었다. 진짜 공감이 이런 게 아닐까. 비슷한 경험을 했기에 너무도 잘 느껴지는 그 감정. 그걸 같이 느껴주고 이해하는 것. 어떤 말도 필요 없다. 마주 보며 눈물 그렁한 그 친구에게 '나도 그랬다'고 말해주는 것.

보통 지자체 신규 공직자의 첫 발령지는 동 주민센터다. 대다수는 행정 서비스의 최하부 조직인 동 주민센터 그리고 민원대 근무로 첫 공직을 시작한다. 하루에도 수백 명의 사람들에게 서류 발급과 각종 신고와 접수 업무를 하는 민원대. 자연스럽게 오고 가는 말과 표정과 태도에서 의도치 않은 오해와 감정이 생긴다. 이런 것들이 때로는 상처가 되어 직원들의 마음에 생채기를 남긴다. 물론 민원실을 찾는 사람들에게도 그러하리라. 이런 부정적인 감정과 일상이 반복되다 보면 이 여린 공직자들은 최대한 빨리 그 자리를 벗어나고 싶어 한다. 내가 그랬고 이 후배가 그랬다.

'선한 영향력'이 지금 우리에게 절실하다!

내가 속한 조직에서 누구도 내 편이라고 느껴지지 않을 때 누군가 잠깐이라도 손을 내밀어준다면 어떨까. 공감해주고 '그럴 수 있다'고 다독여주고 '힘내라'고 한마디 해준다면. 나는 이걸 선한 영향력의 '사무실 버전'이라 하고 싶다. 장소가 세계 무대에서 작은 동 주민센터로, 그 대상이 전 세계 젊은이들에서 동료들과 매일 민원실을 찾는 사람들로, 음악이 다른 사람을 위한 '작은 도움'으로 바뀐 것뿐이다.

상처를 쉽게 받는다는 건 그만큼 사람 마음을 섬세하게 느끼는 특별한 감각을 가진 거라고, 우선은 그 상처를 통해 많이 단단해지라고, 그래서 이후 더 강한 자신으로 현실을 당당하게 마주해야 한다고, 다른 사람의 감정을 쉽게 느낄 수 있는 공감 능력으로 '나도 똑같이 해주지 뭐!'와 같은 앙갚음보다는 같은 처지에 있는 그 사람을 이해하고 도와주는 사람이 되자고. 바로 '사무실 버전' 선한 영향력의 발현이자 실천이다. 나는 후배에게 '조금 먼저 가본' 내가 그 옆에서 기꺼이 도와주겠다고 얘기했다.

다른 동물들과 비교할 때 인간이 가진 가장 강력한 생존 능력이 '협력'이라고 한다. 약 35만 년 전 지구상에 처음 등장한 호모 사피엔스가 우리 조상으로 살아남아 지금의 찬란한 인류 문명을 만들어낸 핵심 역량, 바로 사람들 간의 협력이다. 이는 소통과 공감을 토대로 만들어진다. 그렇게 해서 얻어지는 중요한 결과물 또한 신뢰다. 지금 우리가 조직에서 가장 크게 잃어버린 가치 중 하나.

나는 지금 동 주민센터라는 이 작은 조직에서 후배들과 작은 것부터 천천히 신뢰를 쌓아가는 중이다. 그리고 나의 최종 목표는 '진짜 협력'이다. 솔직히 결과에 대한 확신이 지금은 없다. 단지 내가 지금 하고 있는 이 멘토링이 앞서 걸었던 공직자로서 '당연히' 해야 하는 것. 이것만은 분명히 알고 있다. 선한 영향력의 '내 버전'은 바로 이 멘티들에게 '작은 버팀목'이 되는 것이다. 이 친구들이 조금은 덜 좌절하면서 조직에서 잘 성장할 수 있도록 이끌어주는 것이 지금 그리고 앞으로 내가 해야 할 일임을 그날 다시 한번 느꼈다.

주무관님,
민원실에 음악 틀면 안 돼요?

"주무관님, 민원실에 음악 틀면 안 돼요?"

지난주 멘토링을 하는 90년대생 후배 공직자가 옆 책상에 앉아 있는 나에게 불쑥 던진 한마디다. 거의 3개월을 함께 근무한 이 친구가 나에게 던진 이 한마디는 내가 그토록 기다리던 '그것'이었다. 바로 자기 생각을 담은 첫 번째 제안.

작은 소통의 시작이자 그동안의 멘토링과 아침 스트레칭 시간을 통해 이 사무실에 보이지 않는 그물망, 즉 작은 신뢰가 구축되기 시작했다는 의미이기도 했다. 그만큼 3개월이나 걸린 이 소통이 나는 매우 소중했다. 첫 대응을 어떻게 할지 잠시 고민하다 답했다.

"왜 안 되겠어? 내가 틀어줄게요."

나는 곧바로 블루투스 스피커에 내 음악 목록을 연결했다. 민원실에는 숀 멘데스의 〈Fallin' All in You〉가 흐르기 시작했다. 그 순간 앞에서 번호표 쪽으로 가려던 젊은 여자분이 나와 눈이 마주쳤다. 잠시 어색한 1~2초가 흘렀고, 나는 웃으며 이렇게 말했다.

"음악……. 괜찮으신가요?"
"좋네요. 한결 편한 느낌이에요."

동 주민센터, 공적인 업무 공간 특유의 '불편함'

대부분 사람들은 공공기관 특히 동 주민센터 민원실에 들어오면 긴장부터 한다. 어딘가 경직된 직원들의 표정과 공적인 볼일을 보는 장소가 지닌 특유의 긴장감 때문이다. 그래서 대부분은 최대한 빨리 필요한 서류를 떼고 민원실을 나가기 바쁘다.

하지만 경쾌한 음악이 흐르는 민원실은 다를 수 있다. 그 음악에 한결 편안해진 직원의 얼굴은 여느 때와는 조금은 다르게 민원인을 맞이한다. 바로 음악의 힘이다. 이전에도 종일 클래식 음악을 켜놓은 민원실에서 근무한 적이 있다. 하지만 그

때의 '음악'과 지금의 '음악'은 사뭇 다른 의미다. '소통과 공감을 위해 존재하는 것'이 바로 지금 내가 정의하는 음악이다. 그 후배와의 소통의 시작도 나와 음악 취향이 비슷하다는 걸 알게 된 후였다. 나는 그걸 놓치지 않았고 아침 스트레칭 음악 선곡을 그 후배에게 바로 부탁했다.

누구나 자신의 건강에 관심이 많고 또 좋아하는 음악이 있다. 이 두 가지로 나는 이곳에서 사람들과 소통을 시작했다. 매일 아침 3분 동안 스트레칭과 스콰트 그리고 멘토링 하는 후배와 음악을 통한 교감, 정말 사소하지만 중요한 것이다. 뜬금없이 다가가 '나는 너를 믿어. 나는 선배고 너는 후배야. 나를 믿고 따라와' 같은 일방적인 뜬금포는 통하지 않는다. 소통해야하는 그 찰나의 순간에 우리는 모든 것을 초집중해야 한다.

타이밍도 중요하다. 적정한 때를 놓치면 그 기회를 또 만들기 위해 그 전의 두 배, 세 배의 시간을 기다려야 하는 것이 바로 사람들 간의 '신뢰'다. 신뢰는 한없이 연약하고 섬세한 연결선이라는 걸 이미 뼈저리게 경험했다. 그래서 나는 후배의 제안을 듣고 바로 음악을 틀었다. 후배가 아닌 '내가' 음악을 틀었다. 그건 새로운 시도에 대한 예상 가능한 리스크 또한 내가 감수한다는 의미다. 신뢰는 초기에는 연약하고 곧 깨질 것처럼 보인다. 하지만 이렇게 작은 것부터 쌓은 신뢰는 시간이 지나도 잘 무너지지 않는다. 한 번에 대단한 신뢰를 쌓는 방법이 없냐고? 없다. 내 경험 내에서는 없었다. 작은 것부터 찬찬히 쌓아야 나중에 위기가 와도 무너지지 않는다. '천천히 가는 것이 결국 빨리 간다'는 의미가 '신뢰 쌓기'를 설명하는 데 아주 적절한 표현이라고 생각한다.

무엇보다 팀 조직에서 함께 일한다는 것의 진정한 의미는 '서로 신뢰한다'는 것임을 다시금 깨달았던 하루였다. 아직은 미흡한 시작이다. 하지만 내게 작은 신뢰의 표현을 선뜻 해준 나의 멘티이자 후배님, 그냥 고맙다.

"어르신들이 이런 노래 싫어하지 않으실까요?"

"글쎄, 아마도 이런 팝은 잘 안 들으시니까. 문제는 사망 신고하러 오시면 조금 그렇지 않을까. 그때는 낮추든지 끄든지 해야 할 것 같네요……."

"그렇겠네요……."

그렇다. 아직 갈 길이 멀다! 이렇게 후배와 나의 대화로 음악은 조금 허무하게 끝이 났다. 하지만 그날 점심 한 시간 동안 민원실에는 숀 멘데스, 에드 시런, 마룬5 등 (내가 사랑해 마지않는) 음악들이 고집(?)스럽게 흘렀다. 평소 점심시간이라면 한산하고 무료한 그 공간이 그날따라 후배의 허밍까지 더해져 조금은 부산스럽지만 기분 좋은 유쾌함이 흐르는 특별한 곳이 되어 있었다.

반바지 입는
공무원들

7월 말 정기인사로 구청에 첫 출근한 그날은 더위가 기승을 부리던 날이었다. 사무실로 들어선 나는 새 책상과 의자가 있는 곳으로 조심스럽게 가서 앉았다. 이것저것 업무 파일을 보면서 즉시 처리해야 할 일들이 뭐가 나 고민부터 했다. 컴퓨터 모니터와 인수인계 서류에 집중하다가 문득 고개를 돌려 바로 옆자리 여직원을 봤다. 그리고 그녀의 옷차림이 보였다.

반바지다! 90년생 9급 공무원. 이제 공직 3년 차인 그 직원은 검은색 반바지를 입고 앉아 있었다. 나와 같은 날 같은 팀으로 배치된 그녀. 그녀의 반바지는 내게 신선하게 다가왔다.

부서 배치 첫날부터 그녀는 당당하게 반바지를 입고 출근했다. 그에 비해 나는 '첫 출근이니까 당분간은 얌전하게 입고 다녀야지'라는 생각, 사실 했다! 실제로 긴 정장 바지에 흰색 블라우스를 교복처럼 반듯하게 다려 입고 첫 출근을 했다. 그러다 옆자리 9급 후배의 반바지 입은 모습에 적잖은 충격을 받았다. 그리고 잠시 사무실을 둘러봤다. 그제야 사무실 직원들의 옷차림이 새삼 눈에 들어온다. 내 앞자리 8급 직원과 건너편 9급 직원도 반바지를 입고 있다. 6개월간의 반나절 파트타임 근무는 내가 몸담은 조직의 변화에서도 나를 뚝 떼어 놓은 것일까?

후배들의 반바지 출근복에 더해 찌는 듯한 한여름 더위는 나에게도 근거 없는 '용기' 비슷한 걸 준 것 같다. 출근 일주일 만에 나도 반바지를 입었다. 그것도 청반바지. 아이보리색 스니커즈에 청반바지를 살짝 접어 입고 구청 정문을 자신 있게 들어서는 내 모습. 그 순간 나는 무얼 느꼈을까. 지난 10여 년 동안 '공무원스러운' 옷차림의 프레임을 어떻게든 벗어나보려 이리저리 몸부림치던 나였다. 시간이 지나도 영원할 것만 같았던 보수적인 공직 문화들이 변하기 시작했다.

변화는 바로 이런 것이 아닐까. 구청에서 공직자들의 반바지 출근은 거의 일상화가 된 듯했다. 이미 익숙해져서 정작 본인들은 반바지 입은 자신들을 보고 놀라고 있는 내가 더 신기

할지도 모르겠다. 그렇다. 요즘 젊은 공직자들의 패션 트렌드는 '반바지 입는 공무원'이다. 반바지를 입고 민원 전화를 받고 회의를 준비하고 업무 보고를 하고 현장을 나가 민원 처리를 한다. 누군가는 그놈의 반바지가 무슨 대수라고 할지도 모르겠다. 하지만 내가 느끼는 건 조금 다르다. 무채색의 눈에 띄지 않는 옷차림에서 '반바지 입는 공무원'으로 프레임의 전환이다. 반바지를 입고 일하는 공무원도, 또 그런 공무원을 바라보는 시민도 뭔가 달라졌음을 느끼는 것. 그 감정이 중요한 게 아닐까.

휴일이나 주말이 아닌 주중 근무 시간에 반바지를 입고 일하는 나를 느끼는 것만으로도 예전과 비교할 수 없는 자유로움을 느낀다. 평범한 직장인이 가장 많이 하는 고민이 뭘까? 각자 취향에 따라 다를 수 있지만, 나름 평범하게 살고 있다고 자부하는 내가 주로 하는 고민은 딱 두 가지다. 아침에는 '오늘 뭐 입지?' 그리고 점심때와 저녁때는 '오늘 뭐 먹지?'다. 직장인에게 옷차림이 주는 상징성은 무척 크다. 그래서 '반바지 입는 공무원'들은 내게 더욱 특별하게 다가온다. 반바지가 주는 그 '자유분방함'과 공무원이란 직업이 주는 '경직성'이 공존하는 현실, 그 속에 내가 있음이 신기할 따름이다.

아직은 반바지 입고 출근하는 내가 어색하다. 그래서 공식적인 회의가 있는 날에는 나름 갖춰 입는다. 그에 비해 옆자리, 앞자리 그리고 건너편 자리 8~9급 후배 공무원들은 편한 반바지를 거의 매일 패턴과 색깔을 바꿔가며 입고 출근한다. 사실 부럽다. 그 자유분방함과 쓸데없이 눈치 보지 않는 당당함이. 변화에 앞장서 있다고 자신하던 나였는데 후배 공무원들의 자신만만한 반바지 패션에 괜히 주눅이 든다. 문득 나도 어쩔 수 없이 과거 선배 공무원들이 내게 의미 없이 툭툭 던졌던 '튀지 마, 그래야 편해'라는 마인드가 어느새 익숙해진 건 아닐까 하는 불안감마저 든다.

그 자유분방함은 또 어디로 흘러갈까?

어제 오후, 태풍이 전국을 강타했다. 도로 위는 처참했다. 강한 바람으로 부러지고 흔들린 가로수에서 떨어진 나뭇가지와 낙엽들이 한가득이다. 어제와 오늘 비상근무로 우리 부서는 출근을 했다. 아침 9시. '○○동' 이름이 선명하게 새겨진 노란색 조끼를 입은 10여 명의 공무원이 빗자루와 집게를 들고 동 주민센터를 나선다. 우리 부서는 담당 구역 청소를 지원하기 위해 해당 지역으로 가서 동 직원들과 합류했다. 매서운 태풍의 잔재들과 해묵은 잡초들을 뽑는 작업을 했다.

그렇게 한두 시간 후, 작업을 끝내고 동 주민센터로 터벅터벅 돌아오는 길. 문득 몇 걸음 앞서가는 같은 부서 9급 후배 공무원의 발이 내 눈에 들어왔다. 그녀는 굽 없는 검은색 스트랩 샌들을 신었다. 색색깔로 귀엽게 칠한 발톱도 보인다. 그녀의 까만 샌들과 하얀 발은 거친 작업의 흔적을 그대로 담은 듯 흙과 먼지가 곳곳에 묻어 있다. 반면, 해맑은 웃음과 함께 동료와 담소를 나누며 무심하게 걸어가고 있다. 나는 청소 작업을 대비해 운동화를 신고 온 내 발을 무의식적으로 내려다봤다. 출근 첫날 반바지 입은 옆자리 후배를 봤을 때와 비슷한 감정이 다시 들었다.

반바지 입은 공무원들 그리고 오늘 현장 작업 후 흙먼지 묻은 샌들을 아무렇지 않게 신고 걸어가는 후배까지. 내가 느껴야 하는 요즘 공무원들의 패션 트렌드 변화는 과연 어디까지인 걸까?

공무원은
누구에게 충성할까

"나는 사람에게 충성하지 않는다!"

어느 총장님의 유명한 어록이다. 몇 년만 지나면 바뀌는 사람에게 충성하느니 조직에 충성하겠다는 나름의 소신이랄까. 나도 처음에는 그 말에 '혹'했다. 그러다 곰곰이 다시 생각해보니 조금 이상하다는 느낌이 들었다. 누군가를 존경할 수는 있겠지만 '충성'은 좀 과한 것 아닌가.

나란 공무원은 '어공'(어쩌다 공무원이 된 정무직 공무원)과 '늘공'(공채나 특채로 늘 공무원이었던 공무원) 그 중간 어디쯤 어중간하게 서 있는 사람이다. 민간기업에서 공직으로 '어쩌다가' 넘어 들어온 11년차 직장인. 솔직히 '늘' 공무원이었던 건 아닌

셈이다. 그런 내가 무언가에 '충성!' 한다는 건 조금 이상하고 불편한 것이다.

(깜빡깜빡, 내부 메신저가 울린다)

"주무관님! 오늘 안 와?"

"어디 가야 해요?"

"오늘 향우회 송년회 하잖아. 나 북부지역 총무야."

"헉! 몰랐어요. 고향이 그쪽이었어요?"

"나 ○○잖아요. 바쁜 거 없으면 나와요. ○○시의원님도 우리랑 같은 지역 출신이잖아."

"저 이미 몇 년째 그 모임 나오라고 연락받고 있는데 한 번도 안 나갔어요. 좋은 시간 보내세요……."

"그래요……."

12월은 송년회 시즌이다. 여기저기 크고 작은 모임들의 송년회 공지로 카톡과 메신저가 연신 울린다. 며칠 전 퇴근 시간 즈음 본청에 근무하는 7급 주무관이 메신저로 연락을 했다. 사실 그 직원을 수년째 알고 지냈지만, 향우회 총무를 맡고 있을 거라곤 생각도 못했다. 그냥 내겐 그런 쪽과는 거리가 있어 보이는 직원이었다. 같은 지역 출신이어서 반갑기도 했지만, 한편으론 향우회에서 직책까지 맡으면서 왜 나갈까. 솔직히 궁금한 마음이 더 컸다.

공무원 조직에는 사람에게 충성하는 사람이 좀 있다. 팀장쯤 되면 기본적으로 조직 내 향우회나 동창회 1~2개는 꼭 나간다. 소위 그룹 내 사람들끼리 서로 밀어주고 끌어주는 그들만의 '카르텔'에 자연스럽게 들어가는 것이다. 6급 팀장부터는 '정치'가 필요하다고 선배 공무원들에게 심심찮게 들었다. 아직은 실무자인 내가 가보지 않은 곳이라 '그런가 보다' 하고 말았지만 한편으론 씁쓸하다. 사람에 충성해야 할 필요가 그때는 생길 수도 있다는 건가. 나도 시간이 지나면 생각이 바뀌는 게 아닐까. 조금은 뻔한 나의 미래 같아서 더 씁쓸하다. 그럼에도 아직 내가 꼬박꼬박 출석하는 향후회나 동창회가 없는 걸 다행으로 여겨야 하는 걸까.

공직에서 사람이나 조직 논리에 따라 일을 하기는 무척 쉽다. 일을 하다 보면 비슷한 취미, 같은 고향과 학교 출신 직원들에게 마음이 더 쓰인다. 심지어 같은 동네, 같은 스포츠센터라는 이유로 더 친근하게 느껴지기도 하니까. 이처럼 사람에게 충성하도록 만드는 여건, 아니 핑계들은 도처에 깔렸다. 조직에 충성? 그것도 마찬가지 아닐까. 원래 그래 왔으니까. 그래야 누구도 안 다치니까. "일 크게 만들어서 우리 부서(조직)에 좋을 거 하나도 없어. 조용히 지나가기를 바라야지." 이리저리 억지로 맞춘 어설픈 조직 논리. 그걸 누군가는 잘도 이용해서 끝도 없이 치고 올라가고, 또 다른 누군가는 자신을 잃어버린 건지 아니면 잊어버린 건지 '○○지자체 소속 공무원'으로 영혼 없이 살아간다.

그럼 무엇을 봐야 할까. 10여 년의 공무원 생활에서 내가 얻은 답은 바로 '자기 자신'이다. 요즈음 내가 후배 공무원들에게 기회가 되면 자주 하는 얘기가 있다. 자신이 뭘 잘하는지 빨리 파악하는 게 중요하다고. 그래야 아무 데나 끌려가서 '세상 우울하게' 일하지 않는다고. 그 말에 대부분의 후배들은 의아한 표정을 짓는다. 자연스러운 반응이다. 공무원 조직에서 일반 행정직은 소위 행정 '잡직'으로 불린다. 인사, 민원, 예산, 회계, 행사, 허가, 공사 등 행정과 관련된 잡다한 모든 업무를 하기 때문이다. 그래서 공무원 조직이 스페셜리스트(특정 분야 전문가급 직원)보다 제너럴리스트(두루두루 평균적으로 다 잘하는 직원)를 더 선호한다고 많이 오해한다.

아이러니 가득한 공무원 조직

하지만 내가 들어와 직접 겪은 공무원 조직은 사실 애매한 아이러니함이 존재하는 곳이다. 두루두루 잘하는 제너럴리스트만큼 특정 분야에서 소질을 인정받아 '완전' 잘나가는 스페셜리스트가 의외로 많다. 예를 들면, 행사를 너무 잘 기획해서 기획 부서에서만 계속 일하게 되는 경우를 말한다. 처음부터 본인이 잘해서 그런 경우도 있고 계속 그 분야에서 성과가 나니 인사부서에서도 그 직원을 그런 부서로만 계속 발령을 내는 것이다.

내가 처음 공직에 들어왔을 때, 뭘 해야 할지 그리고 뭘 잘하는지 사실 아무 생각이 없었다. 딱 하나, 민간기업에서 해외영업을 하면서 계속 사용했던 영어가 있었다. 영어 공부를 다시 시작하면서 나의 일상에 활기를 되찾은 느낌이었다. 그렇게 내가 잘하는 것에서 모든 것이 시작되었다. 공인된 어학 점수를 가졌고, 축제의 외국방문단 안내공무원 자원봉사를 지원했다. 그러다 국제행사를 하는 부서로 발령이 났고, 그 후 나는 행사를 만들고 주관하는 부서에서만 계속 근무하게 되었다.

그렇게 나란 사람은 다양한 사람들과 함께 뭔가를 만들어내는 일을 즐기는 공무원이 되었다. 언제부터 그랬는지 기억나진 않는다. 하지만 내가 일터에서 가장 행복했던 순간은 다양한 사람들과 함께 뭔가를 치열하게 고민하고 또 고생하던 때였다. 그래서 나는 이제 막 공직생활을 시작한 후배들에게 자기가 잘하는 것과 못하는 걸 먼저 파악하라고 말한다. 빨리 파악하려면 일단 해봐야 알지 않을까. 사실 잘하는 것도 중요하지만 자기가 뭘 못하는지 파악하는 게 더 중요할 수도 있다. 굳이 못하는 걸 잘하려고 애쓰다가 스스로 지쳐버리면 그땐 손쓸 방법이 없기 때문이다.

우리 팀에 정반대 성격을 가진 두 명의 후배가 있다. 한 명은 꼼꼼하고 이상한 건 절대 그냥 지나치지 않는다. 다른 한 명은 매사 덤벙대지만 새로운 것에 대한 호기심이 넘치고 매우 활동적이다. 나에게 꼼꼼한 후배는 이미 법률 검토나 제출할 서류의 오탈자 확인을 종종 부탁할 정도로 믿음직스러운 동료가 되었다. 그럼 나머지 한 명은? 우리 팀의 발표 자료와 동영상 작업은 이미 그 친구가 전담하고 있다. 얼마 후에 있을 내가 담당하는 행사에 사용할 동영상을 그 후배가 이미 만들어놨단다. 그 영상을 보고 사실 많이 놀랐다. 만드는 데 8시간 정도 걸렸다는데 기발함이 곳곳에 묻어났다. 팀장은 그가 홍보 부서에 가면 정말 일을 잘할 거라고 말한다.

공직에서 스페셜리스트에 대한 수요는 늘 있었다. 중요한 건 공무원 자신이다. 다른 사람만 바라보다가 정작 나란 사람을 시야에서 놓치고 있지는 않은지 돌아봐야 한다. 나란 사람에 대해 아는 것. 굳이 다른 사람이나 조직을 따르지 않아도 괜찮다. 공직 안에서 자기 자신에게 더 빨리 이르는 길이 곧 내가 바라봐야 하는 곳 아닐까.

얼마 전 외부 출장을 마치고 사무실로 돌아오는 차 안에서 팀장님과 나눈 대화다.

"팀장님! 저는 사람이나 조직에 충성 안 해요. 업무만 봐요."

"업무? 재밌네. 그럼 영지 씨는 무슨 일을 하고 싶은 건데?"

"사람들이랑 같이 뭔가 새로운 걸 만들어내는 업무라면 뭐든 좋아요. 사무실에 앉아 혼자 하는 업무는 갑갑해요."

"그래서, 지금까지 잘 온 것 같아?"

"네, 뭐. 시행착오도 있었지만 덕분에 이젠 확실히 알았어요. 제가 잘하는 일이 무엇인지."

"다행이야. 그런 걸 모르고 일하는 직원들도 많은데. 운이 좋은 거야!"

"그런가요?"

나보다 몇 년 먼저 가고 있는 팀장님과 나는 이 주제에서는 뭔가 공감대를 형성한 듯했다. 비슷한 곳을 바라보는 느낌. 앞으로 그런 순간이 더 자주 더 길게 내게 주어지길 바랄 뿐이다. 우리는 자꾸만 잊는다. 소중한 것일수록 더.

힘들 땐 잠시
쉬어가자

휴식은 언제나 좋은 것이다. 그리고 뜻밖의 선물을 선사하기도 한다. 이제 나는 일상에서 나에게 깜짝 휴식을 선물한다.

지난 10년의 공직생활 동안 나는 두 번 휴직을 했다. 1년의 육아휴직과 3개월의 어학연수를 위한 유학휴직. 휴식이 내게 남긴 건 무엇일까. 잠시 쉬어가는 그 시간이 없었다면 지금의 나란 공무원은 오롯이 나로 살아갈 수 있었을까. 힘들 땐 잠시 쉬어가야 한다. 그것이 내가 가졌던 길거나 짧았던 쉬어가는 시간이 준 가장 중요한 가치이자 의미였다.

휴직1 : 공직에서 길을 잃은 나에게

나의 공직 첫 발령지 작은 동 주민센터, 그곳에서 맞닥뜨린 첫 번째 위기. 공무원이 되고 나니 그 안의 세상은 거칠고 투박했다. 내가 공직 바깥에서 어설프게 가졌던 환상 속 공무원의 모습이 민원대 근무를 통해 산산조각 났다. 어떻게 극복했을까. 사실 극복하지 못했다. 애써 외면하고 회피했을 뿐이다. 첫 발령지에서의 내 모습은 조직에 대한 불평과 민원실을 찾아온 사람들에 대한 원망만 가득한 까칠한 공무원 그 자체였다. 출근과 함께 퇴근시간을 손꼽아 기다리면서 수십 번 시계를 확인하는 불안한 나의 시선. 수시로 옆자리 직원과 이런저런 소소한 불평과 불만을 공유하며 스스로를 애써 달래던 모습. 그렇게 나는 스스로를 천천히 망가뜨리고 있었다. 영원할 것만 같았던 주민센터 민원대 근무……

그런 내게 찾아온 새 생명은 1년이라는 꿈만 같은 휴식도 함께 선물했다. 달력에 ×표시를 하며 휴직하는 날만을 손꼽아 기다리던 나. 당시 같은 부서 10여 명의 직원 중 세 명이 육아휴직을 앞두고 있었다. 부서장은 예정일 딱 한 달을 앞두고 휴직하는 나에게 너무 일찍 들어간다며 회의 자리에서 핀잔을 주었다. 그때 내 머릿속에는 '빨리 여길 벗어나야겠다'는 생각밖에 없었기에 그 정도는 가볍게 넘길 수 있었다. 지금 생각해보면 당연한 권리인데도 꼭 그런 소리까지 들었어야 했나 하는 서운함이 생긴다. 하지만 내가 아는 어느 팀장님의 수십 년 전 출산 이야기를 듣고 난 후, 나는 입을 다물 수밖에 없었다. 당시 예정일을 훌쩍 넘겨 민원대 근무를 해야 했던 시절, 진통이 와서 도저히 안 되겠다 싶어 부서장에게 얘기를 하니 그제야 병원에 가보라고 허락을 했단다. 동사무소의 1톤 트럭을 타고 그 덜커덕거림 속에서 진통을 견디며 병원을 가야 했던 첫 출산의 기억을 그 팀장님은 덤덤하게 얘기했다.

어쨌든 나의 육아휴직은 부서장의 '눈치 줌'을 제외하고는 나름 순조롭게 시작되었다. 그렇게 6개월의 시간이 흘렀을 즈음 내게 찾아온 뜻밖의 허전함과 무료함. 육아와 가사만으로 채워진 일상에서 너무 빨리 찾아온 감정들이었다. 복직까지는 아직 5개월이나 남았는데…… 그토록 벗어나고 싶었던 민원대 근무가 새삼 그리워졌다. 놀라운 감정이었다. 집안일을 하는 내 모습에서 더 이상 '내가 살아있다'는 생동감을 느낄 수 없었다. 실체 없는 목마름으로 드라마, 연예인, 음악 등 닥치는 대로 탐닉했다. 그럼에도 허전했다. 일을 함으로써 얻는 것과는 다른 차원의 아주 연약한 만족감으로 하루하루를 버텼다. 그리고 복직했다. 또다시 앉게 된 동 주민센터의 민원대에서 나는 예전과 다른 모습이었다. 조금은 친절하게 사람을 대하기 시작했고, 새벽 시간 어학반과 운동을 다시 시작했다. 그렇게 첫 번째 휴식의 시간은 내게 삶에서 잊고 있던 '열정'을 되살려주었다.

휴직2 : 나를 찾아 떠난 어학연수

공직에서 두 번째 위기가 찾아왔다. 열정을 가지고 추진한 대규모 행사가 상급기관의 감사 대상이 되면서 나는 한없이 위축된 공무원으로 또 한 번 추락했다. 승진과 함께 동 주민센터로 발령이 났고, 감사실에 수시로 불려 다니는 상황이 수개월 이어졌다. 시청이라는 조직에서 1~2년마다 바뀌는 리더들과 또 수시로 바뀌는 조직의 원칙과 논리에 지쳐 있던 나에게 동 주민센터에서 다시 만난 주민들의 모습은 순수함 그 자체였다. 공직이 가진 어두운 면을 너무 일찍 겪었던 나였기에 순수한 마을 사람들이 좋았다.

그렇게 치유의 시간을 보내던 나에게 날아든 동기의 인사발령. 나와 같은 시기 승진을 했던 동기가 먼저 구청으로 발령이 난 것이다. '동기'가 가진 의미는 어느 조직이나 비슷하지 않을까. 인사발령이 났던 그날의 나는 기억하고 싶지 않은 부끄러운 모습이다. 친구에게 동료에게 심지어 아는 부서장에게까지 전화하여 "왜 내가 아니냐" "내가 뭐가 부족해서 못 간 거냐"며 울먹였다. 억울함과 원망이 온통 머릿속을 채웠다. 또다시 나는 누군가를, 조직을, 세상을 원망하고 있었다. 그렇게 나의 두 번째 휴직을 향해 한 걸음씩 나아가고 있었다. 그 인사발령을 계기로 나는 해외 어학연수를 떠나기로 결심했다. 바로 유학휴직이다. 평소 영어를 좋아하고 공무원이 되어서도 영어가 필요한 부서에서 계속 근무했다. 그런 나에게 현지에서의 어학연수는 꼭 해보고 싶은 공부였고, 동기가 구청으로 먼저 올라간 인사발령은 그렇게 나를 먼 타국으로 훌쩍 떠나게 했다.

유학휴직은 현지 대학 부설 랭귀지 스쿨에 등록하는 조건으로 신청이 가능하다. 급여의 절반이 나오기에 절차가 조금은 더 까다롭다. 3개월짜리 프로그램을 등록하고 수업료를 완불한 영수증까지 담당 직원에게 제출하고 나니 '진짜 가는구나' 실감이 났다. 이전에 다녀왔던 몇 번의 해외 출장과는 또 다른 느낌이었다. 오롯이 혼자 3개월 동안 현지 생활을 하는 것이다. 나이, 직업, 문화, 언어 심지어 식생활도 다른 사람들과 교실에서 섞여 지내는 생활. 내 나이 마흔 살이 넘어 스무 살도 더 어린 외국인 친구들과 치열하게 토론을 하고 과제물도 함께 준비했다. 때론 학교 밖에서 유쾌하게 어울렸던 그 시간들.

한편으론 내가 가진 수백 가지의 편견과 고정관념을 스스로 깨야만 했던 망설임과 혼돈의 시간이기도 했다. 그렇게 3개월은 순식간에 흘러갔다. 두 개의 여행 가방을 부치고 공항 대기실에 앉아 한국으로 돌아가는 비행기를 기다리는 순간, 적도의 강렬하고도 청량한 햇빛을 유난히도 좋아했던 나. 그날도 어김없이 햇살이 공항 창문을 통해 내 주위를 밝게 비추고 있었다. 그 순간 내 마음속엔 어떤 원망도 근심도 없었다. 오로지 낯선 이국의 땅에서 나를 끊임없이 일깨워준 다양한 면모의 '사람들'과 적도 가까운 햇살이 가져다준 특별한 따스함이 있었다. 그렇게 나는 나를 찾아 떠난 두 번째 휴식에서 돌아왔다. 가슴속에 사람들의 기억과 적도의 햇살을 품은 채.

혹시 지금 이 순간 힘들게 버티고 있는 누군가 있다면 그럴 땐 잠시 쉬어가도 된다. 내가 가진 두 번의 휴직은 사실 공직에서 스스로 느낀 절망감과 원망에 대한 '회피와 도망침'이었다. 하지만 시작이 그랬다고 끝도 비루하리란 법은 없다. 그 시간을 통해 나는 내 안에 잠자던 일에 대한 '열정'을 발견했다. 그리고 여러 겹의 편견과 고정관념에 갇힌 불완전한 내 모습을 있는 그대로 바라볼 수 있는 '용기'를 조금은 얻은 듯하다.

나에게 두 번의 휴직은 그렇게 뭔가를 남겼다. 어설픈 '공무원스러움'에 갇힌 나를 있는 그대로 덤덤하게 바라볼 수 있었던 시간. 그것이 주는 가치는 그 무엇보다 의미 있었다. 이제 나는 일상에서 수시로 '긴 휴직 같은 휴식'을 내게 선물한다. 짧게는 몇 시간 길게는 며칠씩. 바쁘게 돌아가는 일상, 그래야 나도 숨 쉴 수 있기에.

결국 우리는 서로에게
의지가 되어야 한다

90년대생 후배 공직자 두 명과의 멘토링을 한 지도 3개월을 넘어간다. 생각보다는 잘되지 않는다. 지난 저녁 회식 이후로 두 후배와 뭔가 보이지 않는 벽이 생겨버린 느낌이다. 원인은 나였다. 내가 너무 성급하게 이것저것 해보자고 제안하고 한 번에 많은 것들을 후배들에게 던져놓은 것이다. 그냥 가볍게 맥주 한잔 하면서 그 친구들 마음속 이야기만 들어줬어도 좋았을 텐데, 내가 너무 앞서 나간 거다.

회식 말미에 흥이 오른 나는 두 후배에게 정기적인 멘토링 모임을 제안했다. 내가 그전에 다른 부서에서 만나 오랜 기간 멘토링을 해준 후배 두 명과 같은 직급의 '선배' 직원까지 5~6명이 두 달에 한 번씩 모이는 멘토링 모임을 제안한 것이다. 2~3개월 후 내가 주민센터를 떠날 때를 나름 준비한 것이었다. 여기를 떠나더라도 이 친구들을 정기적으로 만나 지속적인 멘토링과 피드백을 하고 싶은 나의 바람이었다.

그날 자리에서는 둘 다 좋다고 내게 화답했다. 문제는 그다음이었다. 아마도 각자 집에 돌아가서 나름 고민을 했을 터. 낯선 사람들과 자신의 깊은 얘기를 해야 하는 모임이었다. 분명 그런 자리에 경험이 없는 두 친구에게 부담이 되었을 것이다. 아니나 다를까, 남자 후배가 며칠 뒤 모임 참여를 다시 생각해보고 싶다고 한다. 그리고 또 얼마 지나지 않아 여자 후배도 비슷한 얘기를 내게 털어놓는다.

'아차' 싶었다. 이건 명백하게 내가 후배들의 '이해의 정도와 수용의 속도'를 고려하지 않고 나만의 기대와 속도로 그 친구들을 몰아붙인 결과였다. 2~3일 동안 곰곰이 생각하다가 나는 두 친구에게 이 멘토링 모임이 원래 둘을 위해 시작한 것이지만 충분히 부담 될 수 있으니 나머지 직원만이라도 모임을 시작하겠다고 얘기했다. 그리고 이 모임 시작의 계기가 된 둘에게 감사하고 둘에 대한 별도 멘토링은 계속 하고 싶으니 언제든 편하게 다시 얘기하라는 말을 덧붙였다.

그 후 얼마간의 시간이 지났지만 보이지 않는 서먹함이 셋 사이에 생겨버렸다. 나의 성급함이 만든 이 서먹함. 나와 이 후배들이 함께 풀어야 할 공통 과제가 생긴 듯하다. 그래서 지금 이 글을 쓰면서도 마음 한편이 무겁다. 여기까지 그간의 동 주민센터 멘티들과의 이야기다. 솔직히 많이 아쉽다. 무엇보다 왜 좀 더 섬세하게 그들의 속도를 헤아려주지 못했을까.

'멘토링 모임' 어쩌다보니 시작하게 되었다

다행히 같은 사무실에 '아침 3분 스쾃'을 도입하고 추진하는 데 주도적으로 앞장서준 나와 같은 직급의 직원 한 명이 멘토링 모임 참여를 선뜻 결정해주었다. 그래도 운명의 신은 나를 버리지 않았다. 나머지 세 명의 공직자들 그리고 나, 이렇게 모두 다섯 명으로 '생각하는 공무원 멘토링 모임'이 공식적으로 만들어졌다. 조금 더 빨리 가본 선배 셋과 이제 막 공직을 시작한 두 명의 후배. 이 친구들 이력이 나름 독특하다. 해외 유학파에 영사관 근무, 기자, IT 기술영업 등 다양한 분야에서 경험을 거치고 온 사람들이다.

앞으로 이 다섯 명이 만나서 각자의 개성과 잠재적 역량을 공직 안에서 어떻게 찾아 성장시킬 수 있을지 전방위적으로 멘토링을 하려 한다. 선후배 관계없이 서로가 멘토가 되어줄 것이며 모든 이야기는 기록으로 남길 것이다. 물론 '비판 금지'와 '경청'은 모임의 기본 룰이다. 중요한 것은 다 같이 함께 만들어가는 과정 속에 있다고 생각하기에 멤버들의 의견을 수시로 반영하여 바로바로 적용할 것이다. 하지만 현실에서의 예기치 않은 난관과 구체적 실천은 또 두고볼 일이다. 성급함이 또 일을 그르칠까 두렵기도 하다.

사실 나머지 네 명의 동료와 후배는 나와 상당 기간 함께한 시간이 있었기에 상호 간 신뢰가 나름 있었던 듯하다. 그래서 내가 멘토링 모임을 제안했을 때 망설임 없이 참여를 결정했고 오히려 모임에 대한 솔직한 기대감을 표현해주었다. 나도 공직에서 이런 멘토링 모임은 처음이라 성공 여부에 대해서는 궁금하다고, 함께 잘 꾸려 가보자고 솔직하게 답했다. 아직은 모든 게 막막하다. 무엇보다 두 멘티들과의 관계가 나를 다시 한 번 돌아보게 한 날들이었다.

동 주민센터 두 명의 멘티들이 빠진 '생각하는 공무원 멘토링 모임'. 어쩌다 보니 이렇게 시작하게 되었다. 이달 말 첫 모임을 갖게 되는 멘토링 모임과 동 주민센터 두 멘티들 그리고 또다시 고민에 빠졌다. 앞으로 2개월 남짓 남은 동 주민센터에서의 시간을 나는 과연 잘 해낼 수 있을까? 내가 주도하는 이 모임을 '모두'가 주도하는 것으로, 현재의 서먹함이 '신뢰의 그물망'으로 바뀔 수 있을까? 먼 훗날 나는 이 시간을 어떻게 재평가하게 될까?

동기, 그 원망과
질투의 대상

동기가 경쟁자였던 때가 있었다. 7급으로 승진하고 동 주민센터로 내려가 근무를 하고 있을 때, 바로 옆 동네 동 주민센터에도 나와 같은 시기 승진을 한 직원이 근무를 하고 있었다. 그 직원과는 공직 발령 날짜까지 같았다. 구청으로 누가 먼저 발령이 나서 가느냐에 따라 직원들의 신임도나 능력에 대한 평가가 이루어진다. 그러던 어느 날, 그 직원이 나보다 먼저 구청으로 발령이 났다. 그것도 내가 가고 싶었던 팀으로. 발령 공지가 뜨고 나는 일에 집중할 수가 없었다. 저녁 6시가 넘어 사무실을 뛰쳐나왔다. 동 주민센터 앞마당 벤치에 몇 시간을 우두커니 앉아 있었다. 나에게 그 동기는 경쟁자이자 원망과 질투의 대상 그 이상 그 이하도 아니었다.

당시 동기에게 밀려 구청 발령이 늦어진 것에 대한 불만은 결국 나를 유학휴직으로 이끌었다. 지금 돌이켜보면 그렇게 한 번씩 주저앉고 싶을 때는 잠깐 나를 그곳에서 탈출시키는 것도 좋은 방법이었다. 그렇게 3개월의 해외연수에서 돌아온 나는 공교롭게도 그 동기와 같은 부서에서 근무하게 되었다. 그 친구와 바로 옆 팀에서 근무하면서 의외로 업무적으로 도움을 많이 주고받았다. 심지어 같이 의기투합하여 1년 동안 활동하는 연구동아리까지 만들어 활동했다. 불과 몇 달 전까지만 해도 그에 대한 질투와 조직에 대한 원망이 가득했었는데 말이다. 막상 함께 일하면서 나보다 나이도 한참 어리고 심지어 업무 능력도 탁월한 사람이란 걸 알게 되었다. 거기에다 늘 동료들을 도와주려는 마음까지. 나보다 먼저 구청으로 올 수 있었던 이유는 언뜻 봐도 수백 가지는 찾을 수 있었다. 그렇게 나란 사람의 속 좁음과 부족함을 내 눈으로 확인하는 계기가 되었다. 돌이켜보면 쥐구멍에라도 숨고 싶은 부끄러운 기억이다.

동기＝경쟁자?

아마 그때부터 아니었을까. 동기를 경쟁자가 아닌 동반자로 보기 시작한 게. 그랬다. 나에게 구청에서 함께 근무한 동기와의 인연은 동기에 대한 특별한 감정을 남겼다. 그에게 배운 이타심은 특히 더 기억에 남는다. 일도 잘하고 늘 긍정적인 그는 누구를 원망하는 법이 없었다. 그냥 자기가 할 수 있으면, 누가 해야 하는지 먼저 조목조목 따지기보다 그냥 해버리는 성격이었다. 그 모습은 나란 사람을 다시금 돌아보게 했다. 그리고 동기는 경쟁하는 사람이 아니라 서로 의지하며 함께 가야할 동반자라는 인식도 남겼다.

11년을 근무한 이 조직에서 같은 '띠'라는 이유 하나만으로 만들어진 '동기모임'이 하나 있다. 우리가 처음 모인 건 3년 전쯤. 1년에 서너 번 정도 그냥 무작정 만난다. 정기적인 모임도 아니고 흔한 회칙도 회비도 없다. 단체 톡방 하나 덩그러니 만들어져 있다. 한 번 모일 때마다 누군가 계산을 하고, 또 누군가 총 금액을 톡방에 올린다. 그러면 또 어디선가 '1/N'을 계산해서 어디로 송금하라고 툭 던진다. 일제히 송금했다고 확인 댓글을 주루룩 올리면 모임 결산 끝! 9급부터 6급 팀장, 남녀, 띠동갑까지 세상 다채로운 사람들의 모임이 그렇게 몇 년째 잘 굴러오고 있다. 무슨 힘일까. 문득 궁금해졌다.

이 모임이 좋은 이유는 무엇보다 '자유로움'이다. 법과 규정에 따른 공정한 업무 처리, 말 한마디 잘못해서 이런저런 민원에 민감한 업무, 여전히 강력한 수직적 조직문화, 바로 내가 11년째 하고 있는 공무원이란 직업이 가진 특징이다. 그런 나에게 언제든 분위기 되면 모여서 편하게 술 한잔 기울일 수 있는 모임. 무엇보다 특별할 수밖에 없다. 그 자리에서는 모두 그냥 다 '(띠)동갑'이다. 직렬도 직급도 나이 차이도 끼어들 틈이 없다. 각자의 자리에서 힘든 이야기를 편하게 얘기하고 편견 없이 들어준다. 동기모임이라는 특별함이 주는 그 '자유로움'은 그때그때 생기는 '편견'까지 희미한 것으로 만들어버리는 강력한 그 무엇이다.

함께 가는 공직의 동반자

몇 년 전 어느 구청에서 근무할 때, 누군가 나에게 했던 말이 문득 생각난다. 구청 사무실을 자주 드나들던 그는 어느 날 "주무관님, 구청 사무실 들어가면 솔직히 너무 답답해요. 거기서 어떻게 하루 종일 일해요?"라며 신기한 표정으로 내게 물었다. 당시 그 질문을 받고 사실 조금 당황했다. 공무원들이 일하는 사무실이 외부인이 느끼기엔 무척 딱딱하고 답답해 보인다니. 늘 그런 분위기의 비슷비슷한 사무실을 이동하며 일하다보니 이미 내겐 그 분위기가 자연스러워진 것이다.

뭐 '이미 적응한 거면 잘된 거지'라고 편하게 생각할 수도 있다. 하지만 한편으론 슬프다. 조금은 시끄럽고 자유로운 분위기의 사무실이 어떤 것인지 나에게 점점 잊혀지고 있는 것 같아서. 그래서 나는 동기모임의 '자유로움'이 무작정 좋은 게 아닐까. '세상 재미없다'는 공무원들. 그런 사람들만 모이는 자리인데도 누구의 눈치도 보지 않는 자유로운 공간이기에, 단 몇 시간만이라도 내가 편하게 웃을 수 있기에, 같은 공직에 있기에, 우리만이 알 수 있는 찌질함, 재미, 즐거움, 짜증스러움……. 그런 것들이 새하얀 여과지를 통과하는 드립커피처럼 '툭툭' 떨어졌다가 다시 근사한 향기가 되어 각자에게 스며드는 곳. 내겐 무엇보다 소중한 공간이 될 수밖에 없지 않을까. 이제 나에게 그들은 무조건 함께 가야 하는 공직의 동반자가 되었다.

"안녕하세요, ○○과 막내 ○띠 ○○○입니다."
"방가방가! 우리 모임의 평균 연령이 훅 내려갔네요?"
"방가방가! 잘 부탁드립니다!"

연말 동기모임을 앞두고 (띠)동갑 신참 공무원을 단톡방에 초대했다. 열두 살이란 나이 차이에서 오는 불편함은 어디에도 없다. 그냥 나이 한참 어린 반가운 '동갑님'의 첫 등장에 다들 너무 즐겁기만 하다. 어느 조직이든 이런 인연은 사람들 사이 보이지 않는 편견의 벽을 가볍게 허물 수 있는 힘이 되지 않을까. '동갑'이라는 가느다란 연결고리 하나가 가진 특별함. 그것은 무엇보다 힘이 센 듯하다.

조직에서 닮고 싶은
누군가를 만난다는 것

몇 달 전 어느 전직 구청장님의 SNS 프로필을 보고 나는 깜짝 놀랐다. 자그마한 '행정사 사무소'에 인턴으로 취직했다고 수천 명의 팔로워에게 당당하게 공개한 것이다. 현직에서도 늘 '파격'이라는 꼬리표가 붙어 다닌 분이었다. 역시 퇴직 후에도 그런 모습은 변하지 않는다. 나는 즉시 전화기를 집어 들고 이제 막 행정사 사무소에 취업한 '인턴'께 안부 전화를 드렸다. 한동안 연락이 뜸했던 '현직 공무원'의 죄송스런 마음이 어디선가 불쑥 솟아올랐기에.

10여 년의 공직생활. 사실 그분은 몇 안 되는 나를 알아봐 준 리더였다. 그냥 혼자만의 착각이라고 해도 나는 그분을 그렇게 부르고 싶다. 좌절하고 상처 받고 때론 나도 모르게 상처

주는 쉽지 않은 직장생활에서 누군가 나를 알아봐주고 지지해주고 때론 내가 롤모델로 삼을 수 있는 리더를 만난다는 의미는 과연 어떤 것일까. 어느 퇴직 구청장님의 '행정 사무소 인턴' 취업 소식은 그렇게 내게 미숙했던 나 자신을 조금씩 성장하도록 이끌어준 '그분'과의 인연을 떠올리게 했다.

"그 소식 들었어?"

"무슨 소식?"

"○○○ 국장님이 우리 사무실로 들어오신대."

"이렇게 좁은 곳에 국장님 책상까지 들어온다고?"

"본청에 널찍한 집무실 두고 왜 여기로?"

"그러게. 그냥 책상만 두고, 가끔씩 들르기만 하고 본청 집무실에 계시겠지?"

"그럴 거야. 이미 과장님이랑 파견 직원들이랑 앉을 자리도 비좁은데, 설마 오시겠어?"

우리의 예상은 보기 좋게 빗나갔다. 본청의 신임 국장 발령이 나고 며칠 뒤, 대규모 국제행사 준비를 위해 도심의 허름한 건물 2층을 빌려 임시 사무실로 쓰던 우리 부서에 그분이 짐

박스를 들고 불쑥 나타났다. 우려가 현실이 된 것이다. 파격이었다.

당시 우리 부서는 30평 남짓 좁은 사무실에 5급 사무관부터 9급 공무원까지 20여 명이 근무하고 있었다. 그리고 민간단체에서 온 전문가들도 함께 그 좁은 공간에서 사이좋게 얼굴을 맞대고 일하고 있었다. 그런 공간에 계획에 없던 본청 국장님 자리를 만들다보니 책상이며 파티션이며 모든 게 다 보기에도 허름하고 볼품없었다. 자신의 책상을 본 국장님은 아무 말 없이 가지고 온 짐을 정리하기 시작했다. 비좁은 책상이며 비품이며 뭐라 하지 않을까 부서의 서무(총무)를 맡고 있던 나는 내심 걱정을 했다. 하지만 그분 입에서 내가 걱정했던 말은 한 번도 듣지 못했다. 대규모 행사 준비로 한창 바쁘던 어느 더운 여름 주말, 나를 포함해 사무실에 몇 명의 직원이 근무하고 있었고 국장님도 편한 옷차림으로 출근을 했다. 그리고 직접 담근 매실액이 가득 든 쇼핑백을 내게 불쑥 내밀었다. "탕비실 냉장고에 넣어 놓고 직원들 먹게 해줘요." 한동안 우리 사무실은 풍족한 매실액 덕분에 손님 접대며 직원들 음료까지 해결할 수 있었다.

누군가는 매실액 몇 병이 뭐 그리 중요하냐고 얘기할 수도 있다. 하지만 당시 부서의 막내였던 나에게 하늘처럼 높아 보였던 본청의 국장님이 같은 사무실에서 근무하는 것도 신기한 경험이었다. 그런 내게 주말 오후 사무실에 들러 매실액이 가득 든 보따리를 탕비실로 가져온 그 모습은 어떻게 비쳤을까. 그 순간은 나에게 꽤 오랫동안, 특히 공직에서 방향을 잃었을 때 나를 잠시나마 위로하는 그 무언가였다.

그분은 고등학교를 졸업하고 바로 공직으로 들어왔다. 일명 뼛속까지 '공무원'이다. 그런 분이 보여준 파격과 격식을 따지지 않는 모습은 이제 막 공직을 시작했던 나에게 남다를 수밖에 없었다. 뭐랄까, 희망 같은 것? 학연, 지연과 상관없이 오로지 본인의 실력과 추진력 그리고 공직에 대한 사명감으로 그 자리까지 올라온 분으로 보였다. 적어도 당시 내게 비친 그분은 그랬다.

내가 국장님과 처음 근무하게 된 비좁은 임시 사무실. 수년을 준비한 대규모 국제행사였다. 어느 지자체에서도 시도해보지 않은 프로젝트로, 확실한 자기 신뢰와 책임을 가지고 밀어붙이는 특별한 리더십이 무엇보다 필요했다.

조직에서 불확실한 의사결정만큼 공무원을 위축시키는 것이 또 있을까. 그 결정이 어떤 결과를 가져올지 확실치 않을 때 공무원들의 DNA는 '최소한의 일만 해' '납작 엎드려!'라는 명령을 내리기 시작한다. 하지만 내가 본 국장님은 매 순간 흔들림이 없었다. 맞다고 판단하면 일단 밀어붙여 추진해나가는 능력에서는 당시 비슷한 경력의 그 누구도 따라갈 사람이 없다고 들었다. 그래서 진행이 지지부진했던 우리 부서의 사업을 총괄하고 또 책임지는 자리에 발탁된 것이라고 했다.

당시 많은 공무원들이 뒤에서 그분을 욕하고 또 원망하는 걸 많이도 들었다. 반면 다른 한편에선 존경하는 분이라고 진심을 담아 내게 말하는 이도 여럿 있었다. 그의 파격적인 행보는 그렇게 극과 극의 평가들을 만들어냈다. 당시 나조차도 그분의 몇몇 결정이 불만스러울 때도 있었다.

하지만 한 발짝 떨어져서 본 그 모습은 뭔가 특별했다. 본청의 널찍하고 편안한 집무실을 과감히 포기하고 일반 직원들과 함께 낡고 좁은 사무실 근무를 스스로 선택한 그의 결정. 그리고 주말 오후 매실액이 가득 든 보따리를 탕비실 두 칸짜리 작은 냉장고에 넣어두라고 불쑥 내밀던 그의 두 손.

그를 만난 행운은 여전히 현재 진행형이다

누군가에게는 의미 없는 이 모습들이 구청장으로 퇴직할 때까지 그를 옆에서 지켜보면서 공직에서 유일하게 닮고 싶은 리더로 내게 남게 했다. 솔직히 리더가 모든 점에서 완벽하길 기대하는 게 현실에서 가능할까. 나를 실제로 감동시킨 리더의 모습은 지극히 평범한 인간적임과 누구보다 특별한 강인함을 동시에 지닌 것이었다.

그런 그분이 나를 알아봐준다고 느낀 순간이 있었다. 대규모 국제행사를 마무리하고 결산 작업을 하면서 조용하게 보내던 시기, 당시 나와 친분이 있던 타 지자체 공무원이 국제기구가 주관하는 행사에 응모해서 큰 상을 받았다고 연락이 왔다. 특진까지 기대할 수 있는 엄청난 상이었다. 축하를 하기 위해 일산 킨텍스로 찾아간 나에게 그는 관련 자료를 모두 줄 테니 우리도 한번 응모해보라고 권했다.

무슨 자신감이었던 걸까. 아무 근거 없이 의욕만 충만했던 나는 그 제안을 덥석 물었다. 팀장에게 자료를 만들어 보고했고 딱히 진행하는 큰 사업이 없었기에 일단 진행해보기로 팀 내에서 결정했다. 관련해서 계획서를 만들고 필요한 예산을 짜서 국장 집무실에서 보고하는 자리가 마련됐다. 계획서를 보고 그가 내뱉은 첫마디는 "이거 할 수 있겠어? 예선 통과 가능하겠어?"였다. 담당자였던 내 표정을 유심히 살피면서 던진 그 말. 그 순간 '자네, 실력이 어떤지 한번 보여주겠나?'로 자동 번역되어 뇌리에 딱 박혀버렸다!

그 이후 거의 6개월을 미친 듯이 매달려 일을 했다. 겉으로 표현하지 않았지만 무언의 믿음 같은 것이 느껴졌기에 나는 나를 증명해보고 싶었다. 그분에게? 아니 나에게! 예산과 인력이 투입됐고 우리의 응모는 1차 예선을 무사히 통과했다. 하지만 기쁨도 잠시 결국 본선 진출의 마지막 관문은 통과하지 못했다. 국제기구의 회신 메일을 받은 날 아침, 아쉬움과 죄송함을 담아 보고를 했는데 국장님은 질책도 그렇다고 과도한 격려도 하지 않았다. 그런 담담한 모습이 오히려 내게는 더 위로가 되었다. 성공을 하든 실패를 하든 (성과가 나면 좋겠지만) 최선을 다했다면 그 결과를 있는 그대로 수용하는 모습.

그리고 시간이 흘러 그분이 구청장으로 재직하던 어느 날, 내게 해주신 말씀이 있다. 매사 자신만만하고 실패란 없었을 것 같았던 그에게도 공직에서 암울했던 시기가 있었다고. 5급 사무관 시절, 그의 남다른 리더십과 튀는 행보는 예기치 않은 오해와 소문을 만들게 되었고 꽤 오랜 기간 한직에서 힘든 시기를 보냈다고 했다. 자신을 다시 일어서게 만든 건 당시 실세였던 조직의 어느 누구도 아니었다. 그저 공직에 대해 갖고 있던 자신만의 열정을 기억하고 유지하는 것, 그뿐이었다고 담담하게 말하던 그 모습이 너무도 선명하다.

2019년 12월, 약 40년의 길고 긴 공직생활을 뒤로하고 자신이 평생을 바쳐 사랑하고 또 치열하게 고민했던 이 도시의 어느 평범한 상가 거리, 작은 책상 하나가 덩그러니 놓인 좁은 행정사 사무실에서 그분은 그렇게 인턴사원이 되었다! 수년 전 본청의 편안한 집무실을 과감히 버리고 도심의 낡고 좁은 어느 부서 사무실로 터벅터벅 걸어 들어갔듯이.

그분의 SNS 프로필을 본 순간 내가 느꼈던 이상한 감정이 무엇인지 계속 궁금했다. 그런데 이렇게 정리하고 보니 조금은 알 것도 같다. 그는 그렇게 그 모습 자체로 여전히 나를 감동시키고 있다.

어느 구청 공무원들의
도시락 점심

청명한 가을 날씨. 미세먼지도 없다. 선물 같은 날들을 그대로 떠나보내기엔 너무 아쉽지 않은가. 그래서 우리 팀은 이미 야외에서 두 번의 도시락 점심을 먹었다. 구청 옆 작은 공원 한편의 아담한 정자에서. 누군가의 차 트렁크를 뒤져 찾아낸 돗자리를 깔고 또 어디선가 나타난 두꺼운 이불도 깔았다. 또 누군가는 스마트폰으로 경쾌한 음악을 틀어놓는다. 한 명씩 쪼그리고 앉는다. 그렇게 구청 어느 팀의 '가을 소풍' 같은 도시락 점심이 시작된다.

공무원 조직에서 '좋은 팀'이란 게 과연 가능할까. 11년의 공무원 생활에서 지금까지 나는 십여 개의 팀을 거쳐 왔다. 시청, 구청, 동 주민센터 등 크고 작은 조직에서 나는 어느 팀에 있을 때 가장 행복했을까.

"영지 씨! 잠깐 와봐요."

"네, 팀장님."

"이거 오탈자 교정 본 거 맞아?"

"……."

"교정 보랬더니 오탈자가 그대로잖아! 일을 제대로 한 거
맞아?"

"본다고 봤는데 놓친 게 많네요……. 죄송합니다."

"다시 봐!"

"네……."

5년 전 팀의 막내 8급 주무관이었던 나는 당시 대규모 행사
를 끝내고 그 과정을 기록한 책자 제작을 담당했다. 최종 인쇄
전 오탈자 교정을 봐야 했던 그때, 여전히 어리숙했던 나는 그
작업을 제대로 하지 못했다. 당시 팀장은 나를 심하게 질책했
다. 고함치는 팀장과 어쩔 줄 모르는 팀의 막내 주무관이 만들
어내는 극도의 긴장감. 당시 네 개 팀에서 약 20여 명이 근무
했던 시청의 한 부서는 순간 정적이 흘렀다. 공개적인 자리에

서 그렇게 심하게 야단을 맞은 경험이 없던 나는 업무적인 실수가 모두에게 공개되었다는 부끄러움에 얼굴을 들지 못했다. 그 순간 내 머릿속을 채운 건 미숙한 업무에 대한 반성이 아니었다. 사람들 앞에서 질타당한 창피함이 더 컸다.

'꼭 그렇게 다른 직원들 보란 듯이 소리를 질러야만 했던 걸까. 조용히 따로 불러 얘기해도 됐을 텐데.' 그 팀장에 대한 개인적인 원망이 꽤 오래갔다. 공공기관에서 만들어내는 책자의 오탈자. 완벽주의자였던 팀장에게 그런 실수는 용납할 수 없는 것이었다. 나는 실수를 했고, 그 실수에 대한 응분의 대가를 치렀다. 지금 돌아봐도 그렇게 억울할 것도 없는데, 그때 느낀 부끄러움과 수치심이 왜 이리도 선명하게 남아 있을까.

안타깝게도 그날 이후 그 팀장에게 나는 더 이상 내 이야기를 편하게 하지 못했다. 그 이유가 나의 옹졸함이든 뭐든 그냥 싫었다. 그 팀에서 승진을 해 동 주민센터로 발령이 났을 때도 아쉽지 않았다. 그런 팀이었고, 또 그런 팀장으로 나에게 남았다. 단지 그 사건 하나 때문이었을까. 그렇게 갑작스럽게 화를 내는 것만큼 기분 좋은 적도 많았던 팀장. 그의 기분에 따라 팀 전체의 분위기가 오르락내리락 롤러코스터를 탄다. 그 팀은 과연 좋은 팀이었을까.

그 이후 나는 또 한 명의 팀장을 만났다. 정반대의 성향을 가진 분이었다. 시의회의 행정사무감사 자료를 만드는 작업. 감사 자료에서 오탈자는 절대 용납이 안 되는 것 중 하나다. 그리고 나는 시청에서와 비슷한 상황을 또 맞닥뜨린다. 100페이지가 넘는 자료에서 오탈자가 발견된 것이다. 차이점이 있다면 그 당사자가 직속 팀장이 아닌 과장이었다는 것. 당시 팀장은 팀원들이 올리는 서류를 거의 '결재'만 하는 분이었다. 그래서 우리 팀은 항상 그 위 결재자인 과장에게 불려가 야단을 맞았다. 다른 사람에게 싫은 소리 하는 걸 거의 못 본 당시의 팀장. 결재 올리는 서류는 대부분 그대로 통과되었다. 팀원들에게도 점잖게 좋은 말만 했다. 업무적인 질책은 상상도 못 한다. 그냥 '사람 좋은' 팀장의 전형이었다. 그분은 나에게 과연 좋은 팀장이었고, 그 팀에 있을 때 나는 진짜 행복했을까.

그리고 이제 3개월이 되어가는 지금 내가 근무하는 팀. 벌써 도시락을 두 번이나 나눠 먹은 팀이다. 시간이 흘러 나는 더 이상 팀의 막내가 아니다. 팀장 바로 아래인 차석이라는 자리에 있다. 그래서일까. 요즘 들어 팀의 막내들을 조금 더 관심 있게 지켜보게 되었다. 도시락을 함께 먹을 때도, 팀장이 자료를 검토하고 회의를 소집해서 수정사항을 지시할 때도 나는 8~9급 후배들의 모습을 조용히 살폈다.

지금의 팀장은 자신이 과거에 만났던 까다로운 상사들 때문에 꽤나 고생을 했단다. 그럼에도 그걸 팀원들에게 답습하지 않는다. 오히려 그 반대다. 결재 서류에 오탈자가 보여도 팀장은 바로 불러서 야단치거나 화를 내지 않는다. 팀원의 상황을 먼저 살핀다. 그리고 조용히 불러 해야 할 얘기는 또 다 해준다. 꼼꼼하게 하나하나 다 지적한다. 진심 어린 관심과 인내. 내가 본 팀장의 모습은 그랬다. 오히려 내가 더 후배들에게 직설적으로 얘기하는 편이다. 성미가 급한 나의 단점이 드러난 것이다.

공직에서 '좋은 팀'은 어떤 모습일까

그런 내가 요즘 팀장에게 그리고 후배들에게 많은 걸 배우고 있다. 팀원에게 지시할 때나 실수를 지적해야 할 때, 적당한 때를 기다리는 것. 화내면서 말하지 않는 것, 그래도 해줘야 할 얘기를 다하는 것……. 후배들의 모습도 참 흥미롭다. 또박또박 의견을 분명하게 말한다. 과거의 나는 어땠을까. 바로 앞에서는 아무 말도 못 하고 "네, 네" 마음속으로는 원망스러움을 가득 담아 팀장과 팀을 멀리하는 옹졸한 직원의 모습이 바로 수년 전 나란 공무원이었다. 그래서 내겐 솔직하고 당당한 지금 후배들의 모습이 더욱 신선하게 다가온다.

나 : ○○씨, 다음 주 행사에 생수 필요한데 혹시 몇 개 가지고 있어요?

후배 1 : 아마 20개쯤 있을 거예요.

후배 2 : 제가 확인해볼게요. 눈으로 직접 확인해야 해요. (바로 일어나서 생수를 찾아 돌아다닌다.)

내가 담당하는 행사에 사용할 생수였다. 그런데 팀의 후배가 생수 수량을 직접 확인해야 한다며 냉장고를 뒤지고 서랍장을 부지런히 열어보고 다닌다. 나와 팀장은 그 순간 눈이 마주쳤다. 그리고 빙그레 웃었다. 그런 후배의 모습이 귀엽기도 하고 대견해서다. 팀에 8~9급 후배 둘은 성격이 사뭇 다르다. 한 명은 소위 '쿨'한 성격에 조금은 덤벙대는 친구다. 다른 한 명은 이상한 게 있으면 절대로 그냥 넘어가지 않는 꼼꼼한 스타일. 그런 둘이 만들어내는 사무실 풍경은 내게도 팀장에게도 재밌기만 하다.

지금의 팀장은 팀원 하나하나의 성격을 꽤 잘 파악하고 있다. 팀에 합류한 지 얼마 안 되었을 때 내가 덤벙대는 후배에 대해 이해가 안 된다고 불만 섞인 말을 한 적이 있다. 그때 팀장이 내게 한 말이 있다. "○○는 성격이 조금 급하고 세심하질 못해. 그래도 뭔가 새로운 걸 항상 만들어내고 고민하는 건 참 마음에 들어." 이미 팀장은 팀원들에 대해 나름 치열하게 고민하고 있었다. 아마 나에 대해서도 많은 고민을 했으리라. 그런 팀장과 후배들 그리고 나. 과연 지금의 팀은 '좋은 팀'인 걸까.

원래 공공조직에 만연한 칸막이 행정을 줄여보고자 '팀제'가 도입되었다. 직책이 '계장'에서 '팀장'으로 바뀐 지 꽤 오래되었다. 내가 이 조직을 들어왔을 때부터 '팀장'이 있었으니까 10년도 더 되었다. 그동안 내가 겪은 공직에서의 팀은 사실 진정한 의미의 '팀'이라고 보기 어려웠다. 각자의 업무 분장에 따라 책임 소재가 명확해야 하는 공무원의 일. 비록 팀으로 꾸려진 조직이지만 그냥 이름만 '팀'이다. 아직도 많은 팀에서 일은 예전의 '계'에서처럼 '칸막이 업무'를 하고 있다. 그러기에 공직에서 '좋은 팀'을 이야기하는 것이 아직까지도 낯설기만 하다. 씁쓸하지만 현실이다.

답은 의외의 곳에 있었다!

평소 아무 일도 없는 듯 조용한 팀에 소위 '일이 터지면' 두 가지의 양상이 나타난다. 누가 책임을 질 것인가 담당 공무원을 '색출'해서 책임을 몰아주든가 아니면 누가 되었든 팀원이나 부서원 전체가 연대해서 책임을 지든가. 상황이 닥쳐야 알 수 있는 진짜 팀원들의 모습 아닐까. 아직까지 내가 거쳐 온 팀에서는 이런 상황이 일어나지 않았다. 그래서 아직도 내겐 '좋은 팀'이 이거다 저거다 말하는 것이 조심스럽고 또 어렵다. 다만 내게 맞는 팀과 그렇지 않은 팀이 있었던 건 아닐까. 맞지 않다고 느꼈기에 일부러 다가가지 않았고 다가가지 않았기에 관심 있게 볼 수 없었던. 그렇게 그들은 나에게 그저 그런 팀장과 팀원들로만 남아 있는 것이 아닐까.

그나마 지금까지 가장 '좋은 팀'을 꼽으라면. 두말없이 현재 내가 근무하고 있는 팀을 꼽겠다. 팀장과 팀원이 서로 눈치를 본다. 반면 각자 솔직한 모습을 보여줄 수 있는 그런 자유로움도 있다. 가끔씩은 팀장이 아닌 팀원의 기분에 따라 팀 전체가 조용해질 수 있는 그런 배려가 흐른다. 무엇보다 내가 이렇게 남다른 관심을 가지고 있는 팀장과 팀원들이 있기에. 그래서 내게 가장 '좋은 팀'일 수밖에 없지 않을까.

11년차 공무원이
1년차 공무원에게 배운 것

나는 오늘 지난 6개월 동안 정들었던 동 주민센터와 공식적인 이별을 했다. 바로 '송환영식'을 치른 것이다. 새 근무지인 구청으로 발령 난 지 일주일이 지났지만 전 근무지에서 주관하는 '송환영식'을 하지 않으면 왠지 나는 아직도 예전 부서에 근무하는 느낌이다. 그렇다. 오늘 나는 시간제 근무를 끝냈다. 동 주민센터에서 마련해준 '송환영식'. 너무도 따뜻했던 그 시간이 벌써 그립다.

　7월은 정기 인사 시즌이다. 승진과 전보(동-구청-시청 등 상하좌우 타 부서로의 이동 배치)를 통해 수백 명이 한꺼번에 움직인다. 인사 발령을 전후해서 며칠 동안은 공직 전체가 어수선한 분위기다.

동 주민센터도 나를 포함해서 두 명이 구청으로 발령 나고 두 명의 구청 직원이 동 주민센터로 내려왔다. 송환영식은 이렇게 부서에 새로 온 직원과 타 부서로 이동한 직원을 초대해서 직원 상조회의 전별금도 전달하고 소감도 들어보고, 새로 온 직원의 포부도 들어보는 부서의 회식 자리다.

　나와 구청으로 함께 발령 난 직원은 멘토링을 해준 90년대생 9급 공무원이다. 동 주민센터가 첫 발령지였고, 1년 반을 동에서 일하다 처음으로 구청 근무를 한 것이다.

　퇴근 시간인 6시가 조금 넘은 시간, 나는 구청 주차장에서 그 직원을 기다리고 있다. 사실 1층에 근무하는 그 직원을 직접 데리러 갈까도 생각했지만 그냥 기다리기로 했다. 부서에서 막내인 그녀가 퇴근 시간이 지나도 눈치를 보다가 언제 나올까 고민하는 모습이 떠올랐기 때문이다. 다행히 약속한 시간에 그녀가 나타났다. 동 주민센터로 가는 10여 분의 짧은 시간 동안 후배와 나는 이런저런 얘기를 나눴다. 그녀는 그제야 예전 작은 동 주민센터가 얼마나 정이 넘치는 곳이었는지 며칠 동안 뼈저리게 느끼고 있다고 털어났다.

　새로 간 부서의 '낯섦'이 주는 긴장감, 그 속에서 예전 부서의 동장님, 팀장님, 동료들, 그리고 함께 일하는 선생님들이 모두 그리웠단다. 동 주민센터에서 어색하지만 따뜻하게 맞아주고 격려해주던 사람들과 나누었던 '정'이 그때서야 제대로 이 후배의 마음에 닿았던 것일까.

"예전엔 이 풍경들이 진짜 지루했는데, 지금 보니 너무 친숙하고 그리운 풍경이에요."

"그러게, 그때랑 지금이랑 달라진 건 없는데."

"그냥 다르게 느껴져요. 며칠 동안 낯선 사람들과 함께 있어서 그런가……. 1년 반 동안 동에서 근무하면서 '정말 이 지겨운 곳을 벗어나고 싶다'고 간절히 원했는데 막상 떠나고 보니, 이 골목길 풍경이 너무 울컥하게 좋네요. 왜죠?"

나는 운전을 하면서 후배의 얼굴을 굳이 보지 않았다. 그녀의 젖은 두 눈을 봤다간 나도 후배도 민망해질 것 같아서다. 6개월 전 내가 동 근무를 막 시작했을 때, 우연히 후배와 근처 마트에 물품을 사러 갈 기회가 있었다. 당시 그녀가 청소 업무를 맡은 직후였다. 그러니까 좁은 골목길과 후미진 공터 이곳저곳을 돌아다니며 쓰레기 민원을 한창 처리하던 때였다.

나와 그 후배의 처음이자 마지막이었던 아주 짧은 동행. 당시 나는 그녀가 진심으로 많이 힘들어 한다고 느꼈다. 재활용 쓰레기를 안 치우면 주민들이 동으로 전화를 해서 당장 치워달라고 항의하는데 그러면 청소 담당 직원이 현장을 나가서 확인해야 한다. 재활용 우유팩을 모아서 시설에 가져다주는 날에는 사회복무요원들과 함께 곰팡이 냄새가 진하게 밴 어두컴컴한 청사 지하주차장에서 수천 개의 우유팩을 자루에 담아 트럭에 옮기는 작업을 함께한다. 그래서 그녀는 한창 예쁜 옷을 입고 다닐 나이에 청바지와 후줄근한 티셔츠를 입고 출근하는 날이 대부분이었다. 동 주민센터 청소 담당 공무원의 일상이다.

이제 그녀는 조금은 근사해 보이는 구청 건물로 출근한다. 그리고 오늘 그토록 입고 싶었던 체크무늬의 하늘하늘한 치마를 입고 왔다. 그런데 '송환영식'을 위해 동네의 익숙한 쌈밥집, 그곳을 찾아가는 그녀의 얼굴이 그다지 밝지 않다. 동네 골목길과 동 주민센터 건물이 후배에겐 여전히 지겹고 힘들게 느껴져야 하는데 그렇지 않아서다. 오늘 다시 마주한 그 공간들이 뜻밖에도 너무 따뜻했기 때문이다.

이미 여러 부서를 거쳐 동 주민센터에서만 네 번째 근무한 나. 이런 이별에 이미 익숙한 나에게도 지난 6개월간의 시간제 근무지였던 동 주민센터는 특별했다. 그래서일까, 그녀의 공직 첫 근무지였던 그곳에 대한 '울컥함'이 더 절절하게 느껴졌다.

그렇게 쌈밥집 문을 열고 송환영식이 열리는 식당으로 나와 후배는 들어섰다. 구수한 삼겹살 냄새가 훅 들어온다. 동장님, 주민자치위원장님, 팀장님, 그리운 동료들, 후배들 그리고 함께 일하는 여사님들과 선생님들……. 옛 동료들이 다정하게 마주 앉아 고기를 굽고 있는 모습이 눈앞에 펼쳐졌다. 우리가 들어서자 동장님이 밝게 웃으시며 앉으라고 권하신다.

우리는 각자 다른 테이블로 가서 앉았다. 동네의 어르신인 주민자치위원장님의 환영 덕담을 시작으로 동장님, 나 그리고 후배의 소감이 이어진다. 팀장님은 연신 일어나서 진행도 보고 고기도 굽고 바쁘다. 후배와 나는 테이블을 옮겨 다니며 옛 동료들과 인사하기 바쁘다. 그렇게 한 시간 반쯤 흘렀을까. 팀장님이 일어나 송환영식의 마무리를 알린다. 저녁 8시 반, 그렇게 공식적인 송환영식은 끝이 났다.

일부는 집으로, 일부는 동네 치킨집으로 각자 취향에 따라 삼삼오오 뿔뿔이 흩어졌다. 나는 멘토링을 했던 두 명의 후배와 동네 카페로 이동했다. 3개월 전 첫 치맥을 했던 그날 저녁 이후 정말 오랜만이다.

이제는 각자 다른 부서에 근무를 하고 있다. 남자 후배만이 동에 남았다. 긍정적인 변화라면 그 후배가 지금 동 주민센터 '아침 3분 스쿼트'을 다른 직원과 함께 주도하고 있다는 것이다. 결국 내가 떠난 자리를 그가 메우고 있었다. 멘토링이 별건가. 이런 게 바로 멘토링의 효과 아닐까. 3개월 전, 후배들에게 너무 성급하게 다가가는 나를 자책하며 아쉬움과 성찰의 글을 쓰던 때가 바로 어제 같은데.

오늘 나는 그 후배들과 다시 마주했다. 그렇게 벗어나고 싶었던 동 주민센터. 그곳의 따뜻함을 송환영식이 열리는 오늘에서야 비로소 느낀 여자 후배와 내가 떠난 동 주민센터의 '아침 3분 스쿼트'을 이어가고 있는 남자 후배. 결국 이런 거였다.

공직에서 인연이 주는 의미. 내가 민원대에서 느낀 그 작은 감동들. 마트를 함께 가며 후배에게 "그래도 현장에서 주민들과 부딪히면서 느끼는 소소한 감동. 그래서 나는 동 근무가 재밌어!"라고 했던 그 순간의 감정. 그런 것들을 이 후배들처럼 나와 연을 맺은 사람이 비슷하게 느끼도록 할 수 있다면, 그것이 지금 당장은 아니더라도 사람들과의 '인연'은 그 자체로 특별한 것 아닐까. 오늘 나는 공직에서 인연이 주는 '특별함'을 그 어느 때보다 선명하게 경험했다.

결국 모든 답은 나에게 있다

"가장 개인적인 것이 가장 창의적인 것이다"

- 봉준호 -

〈나는 이 조직을 다니는 게 부끄러웠다〉 이 글이 모든 것의 시작이었다. 과거 부끄러웠던 스스로에 대한 성찰에서 시작한 나의 공직 이야기. 나란 공무원이 만들어낸 소소한 직장인의 일상을 글로 풀어내는 작업을 하는 동안 내게 많은 변화가 있었다. 단지 나의 이야기를 글로 엮은 것뿐인데 일어난 작은 기적들.

무엇보다 나에게 생긴 새로운 습관이 있다. 뭔가 복잡한 마음일 때 나는 내가 써놓은 글을 버릇처럼 읽어보게 되었다. 글을 통해 보이는 나란 공무원의 모습. '내가 이랬구나……' 때론 익숙하고 때론 너무 낯설게 다가온다. 이처럼 다채롭게 다가오는 나란 공무원의 일상의 단면들을 감상하는 것도 나름 재미가 있다.

한 가지 더 변화가 있다면 지금까지는 나 혼자만의 구경이었다면, 이제는 함께 해주는 이들이 많이 생겼다는 것이다. 누적 조회 수 약 60만, 글 하나에 10만이 넘는 조회 수와 수십 개의 댓글들, 그리고 내 일상의 이야기를 계속 읽어보고 싶다는 500명이 넘는 구독자들까지. 격려와 공감의 댓글들과 비난의 댓글들. 첫 악플에 의기소침해져서 '그만 써야 하나' 고민하던 때가 바로 엊그제 같은데, 이젠 관심이 바로 '댓글'이라는 마음으로 누군가의 소중한 '반응'을 늘 기다린다.

공무원. 이 시대 수십만 명의 젊은이들에게 달콤한 미래를 꿈꾸게 하는 직업. 동시에 수많은 공시생들과 공무원들의 가슴에 상처를 내는 비정한 직업이기도 하다. 지금 이 시간에도 누군가는 희망과 설렘 가득한 마음으로 어두운 독서실 한편 하얗게 빛나는 스탠드 아래에서 마지막 공부에 집중하고 있다. 다른 누군가는 생사의 현장에서 '사명감'이라는 보이지 않는 그 무엇을 위해 땀 흘리고 있다. 이 직업이 만들어내는 다양한 삶의 일면들.

바로 어제였다. 나의 공직 이야기 첫 글에 오랜만에 새 댓글이 달렸다. 임용된 지 채 1년이 안 된 새내기 국가직 공무원이라는 활기찬 소개와 함께 자신의 모습과 비슷한 '선배 공무원'인 나의 과거 모습에 작은 위로를 받았다고. 차마 부끄러워 누구에게도 말하지 못했던 10여 년 전 어리숙한 내 모습. 그걸 솔직하게 풀어낸 글이 약 10년의 시간이 지나 2020년 어느 새내기 공무원의 가슴에 가닿은 것이다. '나만 잘 못 따라가나 싶어서 속으로 끙끙 앓고……' 이 대목에서 나는 가슴이 뜨거워졌다. 나를 있는 그대로 드러내고 솔직해질 때 진정한 공감이 생길 수 있다는 걸, 그것만이 답이 될 수 있음을 느꼈다.

그리고 지금 나는 이 책을 읽게 될 누군가를 위해 지난 11년 나란 공무원의 이야기 마지막을 쓰고 있다. 고민했다. 무엇으로 마무리할까. 어떻게 하면 더 깊은 울림을 줄 수 있을까. 수개월을 고민했지만 결국 답은 '나'에게 되돌아왔다. 나란 사람의 지극히 개인적인 이야기가 누군가의 가슴으로 들어가 진심 어린 감동을 주는 것. 그 답은 과거, 현재 그리고 미래의 '나'에게 물어보는 것이다. 나는 언제 감동했고, 언제 슬펐고, 또 언제 공감했는가. 모든 답은 '나'에게 있다. 내가 진심을 다해 스스로에게 솔직하게 말해준 답만이 시간과 공간을 거슬러 비슷한 고민을 하는 수많은 사람들의 가슴에 가닿을 수 있음을.

이 책이 '공직 안에서 그리고 공직 바깥에서' 자기만의 답을 찾는 누군가의 '나'로 가는 길을 찾는 데 작게나마 도움이 되기를 진심으로 바란다. 나란 공무원이 가야할 길을 다른 어딘가가 아닌 바로 여기에서 찾았듯이.